U0667827

阳 光 正 好

解文立　著

吉林文史出版社

图书在版编目（ＣＩＰ）数据

阳光正好 / 解文立著. -- 长春：吉林文史出版社，
2017.7

ISBN 978-7-5472-4474-6

Ⅰ. ①阳… Ⅱ. ①解… Ⅲ. ①散文诗－诗集－中国－
当代②散文集－中国－当代 Ⅳ. ①I217.2

中国版本图书馆 CIP 数据核字(2017)第 131065 号

书 名：	阳光正好	
著 者：	解文立	
责任编辑：	钟杉　陈昊	
选题策划：	丁瑞　李丽	
出版发行：	吉林文史出版社	
印 刷：	廊坊市海涛印刷有限公司	
版 次：	2017 年 7 月第 1 版	
	2017 年 7 月第 1 次印刷	
开 本：	880×1230　　1/32　　印张：6	
字 数：	180 千字	
定 价：	35.00 元	

地　址：长春市人民大街 4646 号
电　话：0431—86037451（发行部）
网　址：www.jlws.com.cn

序 言

文/晚轩

阅读一本随笔，仿佛是在读一个人、一个生活圈子、一个时代的微雕缩影。

在读过文立的一部分文章后，我觉得对她的作品有了些认识，可以说几句话了。

首先，作为一位当代知识女性，文立有她作为女性作家特有的心灵感受和细腻笔触。

第二，作为一个电视采编和记者，文立的社会视野、文化视野和生活视野，也具有比普通人更为深入和宽广的特点。

最先接触到她的作品，是一篇发表在微信上的文章。《梦回唐朝》。她幻想"菊花、古剑和酒，文人雅聚和盛唐豪情，幻想回到那个诗风鼎盛的浪漫时代，开元盛世、天宝流彩，与唐代诗人一起，或出入边关大漠观中天皓月，或游荡长安酒肆金龟换酒，与将士高歌，与胡姬同舞，与诗人同醉、与天地共老……共享那个物质丰富、精神丰盈、心灵自由时代的种种快意；感受盛唐时期的兼收并蓄，又充满个性的时代艺术"。

阳光正好

一位年轻的女士有这样的历史视野和大跨度文章结构的能力，是难能可贵的。

于是，我开始关注文立。

几个月来，陆续阅读了她的一批文章，感触很多。

文立有侠骨柔肠、有大爱于心，有积极向上的价值取向。

"那是一张清纯静美的脸，长长的睫毛下，如水般的双眸，有如圣女"。在《相信美好》这篇文章里，文立描述了一位年轻的女性——小路的妻子。这样一位"圣女般"清纯美好的女人，却生活在穷巷陌闾、垃圾成堆的上世纪五六十年代老旧棚户区里，而且有着患尿毒症的丈夫和五岁儿子。

她的男人是工伤，每个月只有区区几百元收入，巨额医疗费像大山一样压在这个家庭身上，可是，小路的妻子没有潦倒，她无怨无悔细心地照顾着丈夫和孩子，用灵巧的双手，为邻里裁剪衣服、绣花、织毛衣，挣一点微薄的收入，日复一日、年复一年的熬着，拉扯着这个家，为了给丈夫治病，她把自己的睡眠时间压缩到最短，直到丈夫生命的终结。

可是，生活还在继续，这位年轻美丽的母亲，用她那双又皱又皱的双手，缝缝补补养活着自己的孩子……

这件事极大地震撼了文立。原来，女人最大的优雅不一定是在温暖阳光下坐在巨大的玻璃窗前，捧着一杯热咖啡读书；也不一定是在灯火辉煌的音乐厅里，听一场盛大的交响乐演出……

女人最大的优雅，是那份独立、那份专一和面对挫折时那份钻石般的意志和阳光般的心态，还有那份隐忍，从容和自信。

文立传达出了一种令人敬重的女性价值取向，女人要靠自

4

己的力量独立自尊地生活下去，要有一种生活的韧性和对家庭的责任感。

此外，她的各种随笔还涉及了方方面面的很多内容。

她谈教育，对于把孩子当作教育生产线上的机器深恶痛绝，她用宋耀如培养宋氏三姊妹，来对比今天教育上出现的各种急功近利问题，并且得出了结论，就是周国平先生说的"优秀比成功更重要"，这是培养孩子的目的，多么中肯的结论！

她谈文化，认为南北方的文化差异不止在粗放和细腻，豪放和婉约，更在于思维方式的差异和造成这种思维差异的环境影响。

她谈读书，从孩提时代爷爷讲述的各种故事，给她奠定了一定的文史基础和读书爱好开始，中学时代的自己，打着手电在被窝里偷偷读书，那颗少女的心幻想着自己就是书中的种种角色，或悲或喜……正因为有了读书的基础或者叫童子功，她能在数万人的大企业中，凭着读书积累的知识，在考试中一路遥遥领先，以第一名的成绩被电视台录取。

她谈职业生涯，那个电视屏幕后面的酸甜苦辣、种种热闹场景、种种疲惫和心酸，跃然纸上。把一个电视工作者的工作状态，活灵活现地展示在读者面前。

她谈人物，从自己的小儿子到形形色色的发小、好朋友、文友，情浓意密栩栩如生；谈自己敬重的著名摄影家和老艺术家，几乎每个人物，都是那样的立体、那样的生动。寥寥几笔，便能勾划出一个人物的音容笑貌和精神内涵。

特别是写她的故乡《唐山》一文，充满了浓浓的乡愁。"记忆中的家乡还是一湾欢快的河水，知了的鸣叫和葡萄架枝蔓摇曳的清翠，构成了舒爽的画廊……菊黄蟹肥的时节，姥姥家门前的一条河边，变成了孩子们的天堂……用河水熬米粥、姥姥在灯下缝补衣服的身影、可怕的大地震、大舅二舅给孩提时代的自己带来的欢乐……"童年就在眼前，乡愁永在心里。

　　文立把自己的这本随笔分成了几个章节，包括"长河拾贝"、"岁月飞花"、"书影暗香"、"静水深流"等章节。

　　这本书不仅是一个人、一个心灵世界的表述，更是一个时代的缩影，一代人的记忆。

　　盼望文立这本书能够尽快出版，盼望她有更多的佳作问世。

序：心有阳光自灿烂

文/刘钰国

一肩长发飘飘，一袭长裙舞动，一面如花笑靥，一身活力四射——这就是思维敏捷、灵牙俐齿的解文立，一位年逾不惑的女人，远远看去却似一位阳光少女般青春灿烂。

文立要结集出书，以她的记者生涯和文字才情，这毫不惊奇。奇妙的是她给这本文集起的名字——《阳光正好》，却真真是出奇地贴切此人此书。听到这个书名，我脑海里闪出的第一个词就是"心有阳光自灿烂"，故就以此为题作序吧。

和文立结识的历史不过是书友会成立后这短短的八个月，她给人的印象就是阳光率真、思维敏捷，博学多才、灵牙俐齿。尤其她在书友群里与土豆的智斗，双方你来我往，时时闪烁出智慧与言辞的火花，令书友称奇叫好，大呼过瘾。这本书结集的五十篇文章除却一小部分是前几年所写外，大部分是这八个月所写，说是厚积薄发一点不为过。从没问过文立究竟读过多少本书，但从她的谈吐交流中看得出千八百本是有的，且以文史为主，涉猎宽泛。从而养成了她敏锐的观察捕捉能力和深入的思考探究习惯，故写起文章得心应手、顺手拈来、随意挥洒、涉笔成趣，且触处生春、舒卷自如、入情入理而顺理成

7

章。我想这就是雪小禅所讲的"写作者要有广泛的阅读，眼界有多高，笔下的字就有多高，一个人再有灵气没有大量的阅读也是枉然。"

文学是什么？多少人在问这个问题，也有很多人故弄玄虚地把文学殿堂的台阶拱得很高，让一般的人望而却步。当然，作为润泽人类灵魂的重要一脉，文学有其高雅性，但我以为，文学的基本定义简单说就是对客观现实的一种文字表达，发乎心，言乎理，抒乎情。因此，文字构成了文学表达的基础，虽然这种表达的结果有的被称为阳春白雪，有的则被划入下里巴人，但划分的标准则不在于此，用王尔德的话说无非两类：一类是写得好的文字，一类是写得糟的文字。

我不敢断定文立的文章就是写得好的文字，但起码不是写得糟的文字。诚然，看一篇文章、一部作品，读者会仁者见仁智者见智，但有一点是不可否认的，那就是看作者是在故弄玄虚、卖弄文字还是蓄积已久的用心去写。正象一个作家所说的：用心写出的文字和用脑写出的是绝然不一样的。文立的这些文字都是用心用情去写的，最终只能由读者去评判了。

也许是文立做记者的职业特性使然，她的文章有自己鲜明的特点：一是视角找得准，切入点引人，让你不由的不看下去；二是看人的眼光独到，能在抓得住有别于他人的独特之处下笔；三是写人记事咏物都溶入了自己独特的思考和见解，透着睿智，并投注了自己真实的善恶情感；四是文字语言朴实贴切，质朴雅至，优美活泼，不骄揉不做作，且笔风犀利，一语中的，充满灵性。

她在《草原的眼睛》中写摄影师格日乐"既有男人的气概，又有小女人的情怀，苑若一首豪放又不失婉约的清词。……有人说她是草原的女儿,有人说她是草原的雄鹰,而她应该是草原上的精灵吧?她朝而往,暮而归,与草原共舞,在光和影的世界里让草原流溢出大写意般的雄浑和洒脱"。

"她既在婆娑的世界里寻找心灵的净土,也在自我的空间里恣意地起舞。……摄影最终较量的不是技术而是文化。"如若没有仔细的观察和深入的了解断然写不出这么深刻的文字来。

在写旅行家土豆一文中,她这样写道:"土豆大概是个很颠覆的人,他的存在就是对很多人们传统的思维方式和行为方式的全面颠覆。……他如独行侠般游走四方,旅行带给了他广阔的视野和与众不同的生命感知。所以他动如万马奔腾、百鸟争鸣潺潺流水,静似一汪止水、无风明湖直直炊烟。""奇迹都是疯子和傻子创造的,土豆就是屡屡创造奇迹的人……不得不承认他身上有极具生命张力和能量的东西,在影响渗透冲击着我们。智者不惑,仁者无忧,勇者不惧在他身上得到极好的诠释。"如此入木三分由表及里的刻划,若没有与土豆灵魂与智慧的碰撞是无论如何也写不出来的。

她在《浅谈文化》中,一场不经意的旅行,让她对南北文化的差异有了清醒的认识,"江南的古村落,读书的氛围让人尊重;读书关乎一个城市的内在素养和精神气质。走在江南的小镇,那种渗透到骨子里的文化烙印比比皆是。……南北的差异,不只在粗放与细腻,豪放与婉约,更在思维方式。""诚如余秋雨所言,文化是养成了习惯的生活方式和精神价值,从这一点上说,我们这样的城市需要太多的养成。"这样的敏锐和清醒不是谁都可以有的。

在很多人对自己的工作、职业缺乏敬畏的今天,她却理智而深情地写道:"我在感受万丈光芒的同时也深深地意识到别人的默默付出成就了我们。从此之后，我更加珍视职业带给我的自信和从容……，记者的生涯让我充实、丰富而又自由的游走，它给了我新的思考的角度和维度。毕竟经常与智者对话，能让你站在高远一些的地方客观而又理性地看待人和世界。"

北京，是许多人向往的地方，但对这种向往的理由却又多是知其然不知其所以然，而文立的《北京——让人欢喜让人忧》却独具慧眼，冷静地审视了北京历史的厚重和现实的无奈："每个城市都有它不同的精神长相和精神气质"，"都说北京是王爷府，上海是后花园，高度认同这种评价。在后海那随便一转，每一块青石，每一片落叶仿佛都有深遂的故事。王者之气的背后是隐藏的霸气。""上帝是公平的，一切事物遵循能量守恒的定律，你享受一些美好的同时，也必然承受一些不足。在北京最大的消耗是时间，时间的成本是巨大的。……经常可以见到来自天南地北的白发苍苍的老人，他们也是北漂一族，大都是退休后，为在北京工作的子女接送孩子、打理家务、缓解子女的压力而来"。

……　……

王蒙先生曾说过："文学是人们精神生活的记载与传承，文学以潜移默化的作用提升着人生的质量。"

《阳光正好》收入的文章立意也许没那么高远，但从心底流淌出的这些文字却是作者真实的人生记载和对生活的真情拥抱，道出了她对国事家事天下事、人生百态社会万象的细致观察和独特认真的审视和思考，呈献出的是一篇篇有思想、有情感、有见解、有能量的有益篇章，哪怕对读者有那么一点点启示和感悟，也算是这本书的一点贡献。

文立再三嘱我写序。我乃一介布衣，既无权威，又非名流，书没她读得多，文章没她写得好，权作一个读者的感言，以此作为对本书出版的祝贺吧。

期待文立在未来的日子里，写出更多更好更美的文字，奉献给这个爱读书的社会。

2016年9月16日 於鹿城

目 录

序言 / 晚轩　　　　　　　　　　3

序：心有阳光自灿烂 / 刘钰国　　　7

长河拾贝　　　1

生命如水　　　　　　　　　　　2
饱读诗书带给这个世界温暖　　　4
暗　恋　　　　　　　　　　　　7
梦回唐朝　　　　　　　　　　10
浅谈文化　　　　　　　　　　13
不要丧失培育好男儿的心境　　15
相信美好　　　　　　　　　　17
过犹不及　　　　　　　　　　20
说说鲁迅和胡适　　　　　　　23
没有情人的情人节　　　　　　26
杨绛与林徽因　　　　　　　　29

岁月飞花　　31

你是那一片红红的枫林
——写给我青梅竹马的友谊　　32
疏影暗香浮　　35
你是人间四月天　　38
带着壳飞翔的铿锵玫瑰　　41
你就是你，颜色不一样的烟火　　44
奇幻小魔仙　　49

书影暗香　　53

书香伴我行　　54
谈读书与做人　　57
遇见最美的缘 ——写给最美书友会　　60
最美书友会会长——小魔女水孩儿　　63
盛装 等待春暖花开　　66
在薄情的世界里深情地活着
——从《梦里花开的日子》说开去　　68
最美书友会副会长——土豆　　71
从一些文艺作品说开去　　75
最美书友会才子寒幽月　　77

静水流深　　79

有关唐山的记忆　　80

姥　姥　84

漠上丹霞飞　87

草原的眼睛——写给摄影家格日乐　90

我的舅舅们　94

北京——让人欢喜让人忧　96

行走在北疆　99

拥抱明天　　**103**

默默生长的小南瓜之一　104

默默生长的小南瓜之二　106

爱上足球　108

家有小儿初长成之一　110

家有小儿初长成之二　113

一个人的旅行之一　115

一个人的旅行之二　118

和儿子一起成长　121

踏歌而行　　**123**

职业生涯之感恩一切　124

职业生涯之有波有澜　127

职业生涯之匆匆那年　131

精神之美　134

放飞希望

——全局青年干部培训纪实　139

让梦想照进现实

　　——大学生贾永波的成长之路　　145

标准筑基石　安全高于天

　　——乌海车务段标准化建设纪实　　150

舌尖上的芬芳

　　——记包头职工培训基地食堂　　156

创新的力量

　　——包头西车辆段科技创新工作纪实　　161

风动草原

　　——呼和局成立职工服务中心

解职工难排职工忧　　166

后　记：生命中的温暖　　173

长河拾贝

　　小时候，去海边，长久地聆听海的欢语。看到"海到无边天作岸"的广阔，看到"半是幽暗半闪鳞"的变换。潮起时澎湃着理想在升腾，凝眸处，读懂了海用无边的浩瀚接纳无数的风雨。潮落时，你会发现,五颜六色的贝类闪闪发光，大浪淘沙后，收获的是拾到宝石般的惊喜。

生命如水

我们大多数人似乎都像浩瀚宇宙间的一颗星星，都在沿着一条固定的轨迹运行。上学时好好学习，工作时踏实努力，到老时颐养天年。现在能看到的都市白领，无外乎就是工作时掏空般的透支，之后稍有闲暇，再恶补般地旅游或娱乐，无论哪一种仿佛丧失的都是一种从容的心态。

其实生命本就是一个如水的过程，有时平静，有时澎湃。为什么我们不能放缓一下步履，在行进的途中，边走边看？在不同的年龄，不同的心境下，在最得当时，寻找心中最美的风景？年少时，尽情亲近自然，任性玩耍。青年时搏击风浪，寻求一生的港湾。中年时静水流深，宽广无边，老年时波澜不惊，静若止水。

有意义的活动能让人汲取精华，积蓄力量，有如海绵吸水的过程。比如，一场球赛，看似简单，但对团队配合，组织能力，人心凝聚都大有裨益、绝非会做几道题可比。前些时日，见到同学的孩子带回一美国同学，问及他的娱乐方式，19岁的孩子，经常钓鱼和爬山。想想同龄国内的孩子此时正像一群被驱赶的动物，拼命地在考试的路上狂奔。娱乐也变得越来越快餐化，用 k 歌，打游戏来拯救日渐压抑沉落的内心，而不是明朗的去健身。美国的孩子因为尊重人性成长的正常规律，节奏控制得当，保证了普通孩子的健康成长，这也应该是美国社会持续稳定发展，并保持良好创新能力的原因之一。

社会发展需要精英，也需要普通人，一个社会整体的合力体现在物尽其用，人尽其才，合适的人做合适的事上。只要在兴趣中找到自己的价值感和存在感，我们每个人都可以生活的很快乐。

说到底，快不快乐，从容与否全在一个心态。想想二战时英国的绅士们可以冒着德军轰炸的炮火，在即将撤离海滩的间隙等待中，淡定地喝起下午茶，这种自信和乐观背后是何等强大的内心！

不知从何时起，我们都变得那么焦躁。穷人恐惧得不到，富人唯恐会失去，得到后也平复填补不了日渐膨胀和不安的心。其实我们集体丧失的是一份追求美好事物的心境。

为什么无论你换多少新装、多少车子、多少房子，之后的感觉依旧是失落？没有任何回味。有的人挣多少钱，职位再攀升依旧没有快感？因为我们在奔跑中遗失了自己的心，也就丧失了追求美好的心境。为什么我们不跑跑停停，等等我们的心，无论对自己还是对孩子。

在特别的日子，来一场氤氲着香气的下午茶，安排一场充满诗情画意的小聚。只要停一停，甚至偶然间的与陌生人不经意间交集产生的温暖；约三五好友，来一次随心的小游，不都可以让你回味很久很久，也温暖、鼓励你快乐好久吗？一切美好或许只在忙碌之余的缝隙间，在不经意的有意无意间，在我们抬头仰望苍穹的一瞬间，其实快乐全在自己的一念之间。

饱读诗书带给这个世界温暖

有这样一段话：女人是一个国家的风向标，女人追求知识时，这个国家是进步的，女人崇尚自由时，这个国家是文明的，女人崇拜金钱时，这个国家是腐化的，当女人依附权贵时，这个国家是堕落的。由于女人在家庭中承载着母性和妻性双重的责任，女人的素养在社会多元价值纷呈的今天就显得尤为重要。

世界本该是阴阳平衡的，男子就该孔武有力，横刀立马，驰骋天下。女子就该柔情似水，琴棋书画，诗酒花茶。让女子的灵性触发男子理性的思考和理性的创造，这个世界才会更加和谐多彩。

而我们今天物质高度丰富，带来的是人们心灵的惶恐不安。男性由于历史、社会、家庭赋予的深重的责任或许只能在酒精、卷烟和灯红酒绿中深埋一声声叹息，女人却在承重中保持着灵动和绚丽的色彩，惟其如此，世界才显得不那么单调。

我们经常看到这样的女子，没有灼灼光华，只静静的往那一站，一股书香就袅袅地生起于前，正所谓腹有诗书，内蕴芳华。

李筱懿在《作灵魂有香气的女子》一书中这样写到："花在饱读诗书上的时间不比保持身材短，用在规划人生上的功夫不比梳妆打扮少，甚至生的孩子，都必须是漂亮而有教养的，每一个女神都活的很努力"。

所以女子读书不仅为了个人修养的提升，更为社会的整体提升孕育一种好的环境。通过读书给男子，进而给社会更深的视野和更强的能量。同时也以自己的知书达理和温文尔雅给这个世界带来斑斓的色彩和温暖。

有时候，我在想，读书到底能给我们带来什么？我觉得是思考，站在人性的角度的思考。然后你再反观自照，你就会理解别人，也明白自己。

有一句话说，世界上最难的事是把你的思想植入别人的脑子里。更何况你面对的是一个要统治中国的男人。可宋美龄做到了。回顾一下她的成长历程，六岁开始接受古典教育，十一岁即赴美留学，主修了英国文学，兼修哲学，选修了法语、音乐、辩论术等，丰富的知识，对中西方文化的深入了解都成为她日后为中国争取到国际社会的援助和争取更多的话语权的深厚积淀。

以她的家世教养外貌，她可以坐享一世繁华，轻松优渥，但她更有着深深的社会责任感和实现自我价值的迫切需求。蒋介石在日记中不只一次表达他对宋美龄的款款深情："三妹待我之笃，而我不能改变凶暴之习，任性发露，使其难堪，诚愧为丈夫矣"等等。她不仅重塑了丈夫的性格和脾气，让信仰儒教和三民主义的丈夫信奉了基督教，更把平等、尊重、肯为对方牺牲等优秀品质种植在对方心里，连宋庆龄都说，"没有美玲，蒋会更糟糕"。

宋美龄改变和影响的不仅仅是蒋介石，1943年她以纯正又典雅的英文，仪态翩然却又铿锵有力的在美国国会参众两院的演讲、横跨美国东西部的巡回演讲等，感染并打动了美国总统罗斯福、政商界要员和美国普通民众，最终影响了美国的对华政策，从而为中国抗战的胜利赢得了最有力的外援。

抗战时国民党的空军是在宋美龄的张罗下建起来的，可以说是一个完全外行的女人成为一个国家的空军主管，但她找了一个优秀的外国内行做下属，他就是为中国抗战建立了巨大功勋的陈纳德将军。陈纳德第一次见到宋美龄就在日记中写下这样的文字："她使我无法恢复常态，从那天起，她将永远是我的公主"。因为日本抗议美国介入，陈纳德是以平民的身份参与组建空军的。当时飞行员也都是退役的，有医生，有律师，后来加入了很多爱冒险的年轻人，飞机机型也并不先进，但飞虎队就是打出了中国人的士气。

还有一点就是宋美龄的学识、风度、智慧为她做事赢得了机会和赞赏，但其实她做人也有独到的一面，无论于民族大义还是面对自己的丈夫，宋美龄都是以诚相待，所以蒋介石、张学良、罗斯福、陈纳德等人都对她推崇备至。

这一点，追根溯源，应该归功于那时教育的成功，那时好的家族传承都是有济世情怀的，所以，我们现在的人或许在知识和才华上不输那时的人，但他们永远让我们望尘莫及的是她们的眼界、格局和情怀。

好女人真是一所学校，女人读书不仅是为了遇见更好的自己，舒展自己最美的姿态，而且是为了找到和世界沟通更好的方式。饱读诗书让你通透世事，并给你傲然挺立的勇气。

虽然我们每个人都是不同的，我们具有的能量场也是有差距的，但不管我们能辐射的弧度有多小，但我一直坚信，女性带给这个世界的光明、温暖和影响一直都在。

暗　恋

　　都说哪个少女不善怀春？哪个少年不善钟情？我的青春却一直在荒芜中渡过。在我眼中同龄的男孩不是青涩就是鲁莽，以至于我老对着镜子发出一声声深叹：叹如花美眷、似水流年……直到大二那年下半年，鹅羽开始轻拨我萌动的内心。

　　他大概也就是大我们六七岁的样子，并不英俊，但高高的，宽宽的，眼睛不大不小，睁开很有神采、微阖暗藏忧郁的样子，弹得一手好吉他，他就是教我们《水力学》的老师。

　　记得那时我长发飘飘，爱穿一件白色大荷叶领衬衣，外罩一件深蓝色长裙，青春年少，走在街上回头率颇高，同学说很像琼瑶小说中的女主角。

　　他是我们学校请来的代课老师，是兰大毕业的研究生。第一次来上课，黑板上居然满满的都是上节课的字迹，不知为什么他一来到教室，我心里突然就泛起一股慌乱和紧张，难道这就是现在说的所谓的"眼缘"吗？作为班长的我疾步上前，快速地擦开了黑板……"不用擦了，我擦吧。"一个温柔、低低的磁性男中音传来，不知怎么我瞬间羞红了脸，匆匆地走下讲台。

　　他讲课不急不缓、说话不紧不慢，面部轻松舒展柔和。一下课，他就立刻被同学们包围，拿起吉他弹唱起来。《你知道我在等你吗》、《站台》、《一条路》、《再回首》，我们集体痴迷在他弹唱的意境中。大概他也喜欢被环绕追捧的感觉，有时下午的课后，他会一直留在男生宿舍教大家弹唱。

周五下午每次讲完课，他就坐公交车回兰大，我似乎能和他顺一段路到大姨家。大姨在兰州，大一时，一到周末就去她家里搓一顿，两个表兄总是买一堆好吃的迎候我。大二了，课业负担稍重，同学也经常结伴同游，我去大姨家的时候就少多了。可这学期，似乎能和老师同行一段，我就恢复了一周回一次的习惯。但似乎从没有在车上遇到过他，虽然我一千次地憧憬遇到他要说什么的场景。那时的我无论如何也不好意思去男生宿舍邀约他一起走，虽然那是我日日夜夜唯一的梦。

白驹过隙般，五个多月的课程结束了。记得他为我们复习时讲的清晰明了，对我而言觉得似乎考到 90 分根本不在话下。没想到成绩出来时我居然只考了 77 分，我自己也不明白自己怎么会鬼始神差般看错一道 15 分的大题，我沮丧到了极点。课间同学们上操，我没有去，一个人呆坐在教室里。突然一个高大的身影走过来让我去趟办公室，我懵懵懂懂地跟进去，他睁着明亮的眼睛徐徐地说："我查了你们班上学期的成绩，你是三好生，这学期的成绩我也看了，你只有《水力学》这科不够八十分，我觉得根据你的作业、平时表现可以给你加到八十分。"他越说声音越低，说到最后仿佛脸也红了，我说了一句"不用了,谢谢。"就怀揣小兔般飞呀一般地逃走了。

这门课结业了,好一段时间总是想起他有神采又略带忧郁的眼睛和他红着脸要给我加分的一幕，自己惆怅了好久……

大三下半年，面临毕业，写论文还要画很多图纸，忙得不亦乐乎。突然有一天听同学说，老师又来给下一届讲课。他总是早早地来到学校，那时我正忙着毕业设计。我不爱熬夜,习惯于早早起来学习。记得连续两周我都是早上五点起，去教室画图,依稀有几次六点四十左右，走廊里就有踱来踱去的细微脚步声,我心里似乎响起一个轻轻的柔和的男中音。我告诫自己,即便他心如我心,可快毕业了,转眼天南地北双飞燕,一切只会是回首袖底风,徒增惆怅罢了。但窸窸窣窣的声音总是撞击我的耳膜,驿动我的心扉。有一天，我终于还是忍不住了,在脚步响起时,悄悄地打开了门。我看到了他高大踽踽的背影,眼泪不争气地瞬间滑落⋯⋯

在我的花样年华里,花开如雪,花落如雨,我们的过程除了无缘的思念再无其他。成年后，我常常想,如果有来生,我一定义无反顾,哪怕做划过天宇的流星,哪怕飞蛾投火,我一定和他在红尘里轰轰烈烈地爱一场,不为别的,只因我们在最美的年华里的那一场相遇。

梦回唐朝

风吹不散长恨，花染不透乡愁，雪映不出山河，月圆不了古梦。

菊花、古剑和酒，文人雅聚，一副盛唐的豪情。让我经常想穿越回唐朝......

开元盛世、天宝流彩，一个诗风鼎盛的时代是个浪漫的时代。余秋雨说他在北大曾就唐代大诗人排名情况进行过问卷调查，结果并不是人们心中惯常认知的李白、杜甫、白居易这样的排序，而是王维排在了前面。

他说因为王维长得帅，女生都投了王维。惊讶之余，又找了度娘，才知道王维不仅诗写得好，长得帅，画功也高，除了画的好，王维的音乐才能也很卓绝，但最要命的是他专一，不到三十岁时丧妻，之后终身未娶。试问，北大的女生能不把票投给他吗？这实在是真正的男神！

喜欢古人那种弱水三千，我只取一瓢饮的"一根筋"，正是这种我的眼里只有你的执着才缔造出一段段千古绝唱版的爱情传奇。在这个物质至上，爱情匮乏的时代，我们只好用古人的爱安慰我们日渐荒芜的内心。我们现在的时代还相信缠绵悱恻的爱情吗？交织着物欲、权欲、贪欲的种种占有让神圣的爱情蒙上了太多的尘埃。

一个诗风鼎盛的时代是精神丰盈的时代。别说那时唐朝物质富足，占全世界百分之六十的 GDP，那时的所谓富足无非就是稻米流脂粟米白，公私仓廪俱丰实，每家每户多藏几匹布帛而已。可那是个心灵自由，每个人的情感都有尽情喷发出口的年代。我们现在即便普通人都比那时生活富足得多，很多人美酒珍馐、夜夜笙歌，可却把美好的精神都遗落了。我们现在似乎找不到李白"五花马、千金裘，呼儿将出换美酒"的冲天豪气，也缺少李商隐"春心莫共花争发、一寸相思一寸灰"的刻骨铭心，更没有杜甫"安得广厦千万间，大庇天下寒士俱欢颜"的那种悲悯情怀。有的似乎只是宣泄与麻木，其实是我们遗失了追求精神美好的心境。

我羡慕那时的女子，生在那样的时代，可以遇到那么多既有方正之气又不缺儿女私情的性情男儿，可以尽情的去爱。那时的女子除了妩媚之外，也多才情与豪气，所以长安街头可以看到女子们骑着高头大马，打马球的飒爽英姿，那种自由生发的土壤也就滋生了一场场专一又有精神共鸣的惊世之恋。即便是玄宗与贵妃那一场常为后人所诟病的爱恋，中间也弥漫着动人的光彩。最是无情帝王心，在江山与美人之间考验一个帝王的人性，这样的境地的确让人难以两全。处于并无征战中的仓央嘉措尚在嗟叹："世间安有双全法，不负如来不负卿。"玄宗曾经雄才大略又褒衣博带，他通晓音律、擅长书法，是情感饱满之人。他的余生真是痛、悔、思种种交集的炙烤纠结于心，再怒其不争，他也算个有情人。如果换做秦始皇、刘邦之类的政治动物，薄情寡义之徒，首先没有跟一个女人产生深厚感情的心灵，即便有入他眼线，慰藉他情感但妨碍他江山社稷的红颜，他们保证是眼都不眨，立即砍了。从帝王的处境讲，玄宗并无太多可指责处。

好想回到唐朝，那时女子以胖为美，健康第一，不像现在的人，为了所谓的骨感美恨不得活活地饿死，让我等食欲正常之人老觉得自己是缺少修养、不够自律，老得为迎合大众的口味而修正自己。

还喜欢唐朝的兼收并包，那时长安的街上各种奇装异服，民族的、世界的，无所不有。那时人们可以尽情张扬自己的个性，穿自己喜欢的怪怪的衣服，读自己喜欢的书，爱自己喜欢的人。

在每一个星梦如水的夜晚总憧憬同样一件事：梦回大唐……

浅谈文化

文化是什么？有这样一种解释：文化是根植于内心的修养，无需提醒的自觉，以约束为前提的自由，为别人着想的善良。

文化于普通人意味着什么？文化应该渗透于每个人的内心，折射于普通人的言谈话语，一举一动，衣食住行中。南北的差异不只在粗放与细腻，豪放与婉约，更在思维方式！这种思维追根溯源或许在于南方早期水陆的畅通和商业的发达铸就而成的？记得几年前到有"江南第一村"美誉的小村落一呈坎，的确于心产生了巨大的震撼！震撼于它的静美、古朴、神秘及内蕴。这个村子走出过许多文人、巨贾、高僧……距今已有1800多年的历史。村子以八卦设计布局,风水奇特。感叹古人的智慧！顺便参观了徽式古建筑，高大恢宏的祠堂，门楼、牌坊虽令人叹为观止，但普通的民居却更让人瞠目，都是复式的两层楼，家中的布置陈设也几乎一致，客厅一瓶一镜一钟，取意男平安女平静，家人终生平安。还看到一老年活动中心，除供老年人娱乐聚会外，还摆满书籍，更成为老年人精神沟通，思想交流之平台。古人值得尊重！江南古村落，读书的氛围让人尊重！

读书关乎一个城市的内在素养和精神气质。走在江南的小

镇，那种渗透到骨子里的文化烙印比比皆是。不久前因加入王
天读书会，偶遇一醉侠，三十许人却饱读诗书，学养深厚，喜
欢竹林七贤，颇有魏晋遗风。他的理想是能到天一阁读书和在
每一座喜欢的城市开一小店，把他家乡的茶、香、串拿来经
营。既可以饱览这个城市的民俗人情，又能在这城市留下些许
家乡的印迹。他想把南方细腻的文化触角延伸渗透到我们草原
的粗犷雄浑中，让亘古文脉通达四方。他要为他喜欢的城市引
入文化的清泉。茶香清远，沉香袅袅，古琴悠悠，书香怡神，
酒香醉心，墨香袭人。为了理想，顺便赚钱，这种心态和格局
真真的让人醉了。

而我们包头地处边疆，虽看似海纳百川、兼容并包，如张
伟教授在总结包头的文化性格时所言："为包头作城市文化定
位时难以定论，因为阴山文化、黄河文化、西口文化、工业文
明等相互交织，又没有一支占有绝对的优势。"

记得龙永图来包时说过：包头大气、舒展、干净。余秋雨
在书博会时来包做讲座也夸赞包头整洁、美丽、生态好。那么
在外美的同时，能否让我们的城市内涵更深厚些呢？毕竟，我
们的城市文化积淀还不够深，读书的氛围也不够浓。节假日如
果在北上广等大城市逛图书馆，基本是人头攒动，在地铁、公
交车上也经常能看到有人在学习。

不久前认识一位江南的女诗人，读到她豪放又不失婉约的
诗句后，好奇之余，看了看她的朋友圈。看到她任职于南方一
所城镇的小学校，她是学校的诗文老师，几个年级的孩子都在
她的指导下写诗。管中窥豹，经过类似这样的积累，将来我们
的孩子和那里的孩子在人文素养方面的差距可想而知。

诚如余秋雨所言，文化是养成了习惯的生活方式和精神价
值，从这一点上讲，我们这样的城市还需要太多的养成。

不要丧失培育好男儿的心境

总有一段历史能激昂我们的内心，正因为有民国的色彩斑斓，我们才知道中国人也曾如此生动地生活过。

现在最让人诟病的就是教育。在孩子沦落为教育生产线上的机器之后，许多家庭的现状就是一个焦躁的母亲，一个缺失的父亲和一个失控的孩子。

说起民国教育的成功不仅仅是那个时代造就了众多大师，而且培养了一个个优秀的子民。而当时是在政治混乱，物质极度匮乏的情况下。

至今仍感动于《巨流河》中描述的场景，一边是日军的轰炸，警报一响，学生们钻入防空洞，轰炸过后，大家继续安静地读书，每个人都泰然自若，修炼的泰山崩于前而不变色。何等襟怀！何等气度！

看看那时的父亲，那时的梁启超自己著书立说，社会活动亦不少，但他一有闲暇就把子女召集到一起，亲自给他们传道，授业，解惑，所以才有后来梁氏满门皆英才。宋耀如更是以其之远见卓识，开放包容，中西合璧式的教育为宋氏三姐妹打开了眼界，从而为中国近代史的书写增添了华彩。

看看那时的母亲，蒋介石、胡适的母亲都是没有多少文化的农村妇女，都是青年丧夫，但她们都吃苦耐劳，善良坚韧，教育孩子走正途。并坚定的认定，万般皆下品，唯有读书高。那时的民风淳朴，学风端正，那时的官二代或富二代如果学习不上进，为人再张扬就如过街老鼠，被人人喊打。

那时的女子大都安静祥和，记得前两年去安徽看古建筑，感觉到那里空气中飘溢的都是浓浓的书香气和安宁的气息。看到那里有专门为老人读书用的房子，居家的摆放都是一瓶一镜，后来得知取意就是男平安，女平静，家才会兴旺之意。

如今价值多元化的社会变迁造成了男子越来越缺乏信仰并失去了敬畏之心。女子由于安全感丧失而变得越来越独立和强悍，人们既失去了"吾辈岂是池中物，一遇风云便化龙"的豪情和傲气，也失去了"唯恐夜深花睡去，故烧红烛照红妆"的闲情和雅趣。

孕育一个伟大的民族，需要优秀的母亲，但在一个男性占有绝对话语权的社会，培育一个好男儿就显得尤为重要。

于女子而言，柔韧是一种力量。女子应如水，可圆可方，有急有缓。既包容天下又具有穿石的力量，这样的女性才是最卓越的。

周国平说，优秀比成功更重要。优秀包含了兴趣、创造力和坚持，以及健全的人格修养和与自然、与他人、与自己和谐相处的能力。人优秀了，成功只是附产品。

天下母亲，我们最需要的难道不是一颗平静的内心？告诉孩子什么是真善美，告诉他们有所为，有所不为，然后安静地守望。如果孩子具备了优秀的品质和养育幸福的能力，我们有必要为他的未来担心吗？如果是透支自己，满身疲惫，满心垃圾的生活加之无所不用其极的手段换来的一时成功，以一个母亲的角度，我们需要吗？会安心吗？

相信美好

曹雪芹说过，女儿是水做的骨头。因为是水，所以女人更清莹洁透。也有哲人说，女人是感性的动物。正是女人不那么理性，她总是于无常处求永恒，总是坚信世间的美好，特别面对爱情时的那种偏执和坚持，才让这个世界多了些许的温情，显得不那么冰冷。

记得是十年前的事了，由于职业的原因，总在年节之际陪着各级不同的组织到职工家慰问。随着生活水准的全面提升，人们关切的对象大都是一些因病致困的家庭。

那天，要去看望一名患尿毒症，名叫小路的职工。那是一个大雪纷飞的日子，由于雪厚风潇，慰问的车比原定的时间晚到了 20 分钟。

一片低矮的平房，周围垃圾成堆，墙面破败不堪，路面凹凸不平。在胡同口，见到一位裹着一件半旧军大衣，冻得瑟瑟发抖的女子，她说她是小路的妻子，她一直等在门口，就是怕大家找不到她七拐八拐才能走到的家。

进了家门，脱下衣服帽子，我瞬间恍惚了一下，那是一张清纯静美的脸，长长睫毛下，如水的双瞳，有如圣女般。倒水，递烟，拿水果，一阵寒暄忙碌过后，我们的目光定格在床上躺着的小路身上。经常要透析，又因公把腿摔断的小路身体

17

消瘦，脸色灰暗。

女人静静地坐在小路身边，不时给他披披被角，呼噜呼噜身子。听小路单位人介绍说，小路是集体工，每月的收入也就七八百块钱，巨额的医疗费像座大山压在他们身上。问到他们有什么要求时，女人说没什么，她会裁剪衣服，会绣花，会织毛衣，能挣钱。就是感到恨不得再长出一双手，老觉得时间不够用。她总是把睡眠的时间压缩到最少，因为她得照顾生病丈夫的起居，照顾五岁的儿子，她昼辛夜忙为一些单位赶制窗帘，街里街坊的虽生活都不富裕，但这家一条裤子，那家一件毛衣，她公道地收钱，用她的巧手灵心获得口口相传，手中的活总是源源不断。

交谈中，她往炉子里加炭，我看到她的手又皱又糙，像要干裂的贫瘠的土地，经历过了几十年的风霜。再看着她年轻美丽而安详的面容，不知为什么，我一直想哭。出来后同行的每个人都不说话，胸中像堵了些什么。听小路单位的工会主席说，小路有次实在忍受不了妻子这么为他吃苦受累，想要了结自己，妻子发现后从没有过的歇斯底里，说他再敢这样，她抱着儿子先死，最后她哭着说，你活着，我们娘儿俩就快乐。

小路读过许多书，会写诗，写完就给妻子读，小路说，妻子听诗时眼眸里总会闪动着少女的光亮，这光亮也鼓励着小路一次次战胜病魔，一次次战胜自己。小路写过这样一首诗：

我美丽的妻
或许我就是你前世的债
让你用生命守护我的躯体
但如果如果有一天

我万般无奈离去
别让我的柔波把你的青春掩埋
去找寻能拥你入怀的大海
我要你生命的枝蔓开出更璀璨的花儿
我会在遥远的地方为你祝福祈愿……

后来，小路还是走了，妻子独自带着孩子，还是不停地给人做衣服养活自己，养活孩子……

原来自己理解的女人的优雅，一直就是在温暖的阳光下读一本好书，或听一场引人入胜的音乐会，或在午后品一壶茶，静静体会那种岁月静好。可知道小路妻子的故事后，我知道女人最大的优雅是那份独立，那份专一，是面对挫折时那份钻石的意志和阳光般的心态，还有那份隐忍、从容和自信。

过犹不及

盛夏的炎热加之内心的火热一起膨胀、灼烧直至井喷，持续了大约两个月。终于在立秋时节，心渐渐平静下来，有了拒绝热闹的想法。于是删除了一些群、退出了一些群，不再辗转奔波于读书会、大师讲座、报告会和各种展览之间，那种仿佛一错过就是一千年的急迫，那种一场接一场的盛宴，疲惫间似乎心也像仙人球般变得又毛又刺。突然就有了想到一个没人的地方，将自己放逐于山水之间的情绪，想过一个人的清秋，将所有的喧嚣拒之门外。

记忆中的幼年，匮乏与短缺就是那个时代的符号，并深深烙印在骨髓里。以至于后来一些突然得到的意外之喜总会显得弥足珍贵。尚不懂事的我总为吃那种既划嗓子，入胃都觉粗糙的玉米面气恼不已。慈祥的爷爷心疼她的大孙女，总是把偶然间"专供"他的白馒头悄悄地塞给我，当然不小心被父母看到总是少不了一通训斥。但"作案"成功时我和爷爷都开心不已，我那时吃到馒头的感觉大概跟孙悟空吃到蟠桃的味道相仿。

终于，长大些了，心灵的成熟度和耐受性都随岁月的流转而日增，后来玉米面彻底淡出了我的记忆，但父亲做的烧茄子又成了我贫瘠岁月里的最爱，只是这时我已经学会用精神的生长来对抗物质的短缺。

后来读《论语》、《菜根谭》、《孟子》等论著，孔子的"安贫乐道、富而好礼"、孟子的"贫贱不能移、富贵不能淫、威武不能屈"的思想一直镌刻在脑海里，给了自己对抗物质时无穷的底气。孔孟思想几千年的文化浸淫，已经在天地间滋养出浩荡之气，四书五经一系列经典昭示了做人之本、处事之道和成事之基。它在岁月的长河中，也养育出无数永远站立着的高贵的灵魂，嵇康、陶渊明、杜甫、朱自清……读他们的故事，是给自己注入精神动源的最好给养。

渐渐的，可吃的食物越来越多，可选的范围越来越大，胃口却变得越来越挑剔。回想记忆中的美食竟都停留在少女时期。花五分钱买的一根冰棍、一角钱买的酸杏干，还有甜得腻人的华莱士……那时家里的书不是很多，记得一本《三侠五义》我翻看了好几遍，狸猫换太子、五鼠闹东京，一个个故事烂熟于心，成为儿子小时候睡觉前磨人时最好的催眠曲。现在上初三的儿子人高马大，时不时的显露出的仗义之举似乎就是那时的启蒙故事埋下的伏笔。

慢慢的书籍也多了起来，常常有了无从选择的无力感。一度沉迷于网络小说，《步步惊心》、《甄嬛传》、《后宫.如懿传》…起初看的津津有味，看的废寝忘食，静下来时，突然感觉看完这些书心里是颓废的，对照生活中的种种不如意，竟然突然看不到生活中的一丝美好的痕迹。这时才知道人活着为什么要追逐光明的东西，知道那些闪耀的光芒是慰籍我们情感、照亮我们心灵的镜子，让我们在灰暗和黑夜也能找到缝隙，不至于意懒心灰。

心烦时，喜欢一个人发呆、在公园里闲逛或静静地听音乐，过上几天这样的日子，心里就又觉得少了什么。偶然间有选择地听一次讲座，似乎觉得思路少有的清晰，记忆也格外深刻。

心静时，会翻捡出先贤智者那些经过岁月冲洗依旧熠熠生光的文字，并把它们一一印刻在心里。读罗素《我为何而生》时，那句话一直激荡在心底："对爱情的渴望、对知识的追求、对人类苦难的不可抑制的同情，是支配我一生的单纯而强烈的三种感情。"当即我心满意足地想，原来我跟大师追求的一样。看罗曼.罗兰《米开朗基罗》中说，有一种英雄主义就是在认清生活的真相后依然热爱生活，看到他对英雄的解读，我也仿佛受到加持般平添了几分力量和勇气。终于明白现在是书籍无涯而人生有涯，有涯的时间里，读书就要选经典。因为这似乎是一个除了心灵荒芜，其他有形的东西都很过剩的年代。就如吃一般，饿了面对一堆垃圾食品，还是忍一忍，等一等健康大餐熟了再食用，总体的营养更充分些，别让无效的东西占满你的内存。

给理想留下填充的空地，给满足留一点思绪，也就给回味找到恒久的记忆。

水满了会溢，月圆了会亏，花开了会谢，人最好的状态莫过于过一种不紧不慢的生活，保持一种不急不缓的心境，维持一种不浓不淡的情绪，刚刚好，就是最好，难怪古人说：过犹不及。

说说鲁迅和胡适

几乎没有人觉得鲁迅是陌生的,在我的概念中,他的文章是中小学语文课本收录最多的。《社戏》、《祥林嫂》、《狂人日记》、《阿Q正传》、《孔乙己》等不下二十篇。曾有一段时间,我对他也是推崇备至,找来鲁迅全集细翻。不过以当时我一直怀揣文学梦的少女之心,读他的文章并不以为然。

只是后来在我工作之中,遭遇一些不平之事,内心忽地愤世嫉俗起来,才又拿来他的文章一读,便有了深深的快意。知道笔亦是匕首,可以刀刀见血,快意恩仇,由此明白口诛笔伐的厉害。

再之后无意中得到一大堆《新文学史料》,如获至宝。那里面不仅有大师们的锦绣文章,更披露了他们的生活逸事,由此知道了鲁迅许多生活中的细节,诸如他对原配夫人的冷漠,与弟弟一家的反目等等。其实,关注名人的私生活并不是窥私,只是管中窥豹,通过他们的生活观察、思索他们的性格和人性的侧面。现在随着网络的开放,更多的史实披露出来,更有助于人们对历史人物有一个正确清晰的判断。

胡适走入我的视野源于最早看杨沫的《青春之歌》,书中闹学潮的学生们批评胡适最多的是他那句:多研究些问题,少谈些主义。近几年,网络资讯的发达,能更多地读到他的书籍。他说，历史是个任人打扮的小姑娘。他说中国需要渐进式改革，有时容忍比自由更重要。一百多年过去了，他的这些言论依旧闪烁着灼灼光芒。难怪蒋介石送给他的挽联这样写到：新文化中旧道德的楷模，旧伦理中新思想的师表。这个评价恰当的评价了他的一生。

我一直以为，公众人物确实不能任性随意自己的言行，毕竟他们所拥有的公信力决定他们的一举一动都是有显性或隐形的暗示作用的，所以于道德上对他们的要求的确比普通民众要高的多。胡适的原配最初也是裹着小脚的农村女人。两个人之间也有诸多周折，但由于原配夫人毫不妥协地抗争，也有胡适温润的性格，健全的人格修养使之的必然选择，最终他们相携一生。想想以胡适翩翩之风度，又是开一代风气之先的大师，生活中怎可能无波无澜?最终与胡适交往四十多年，有心灵共鸣的美国画家韦莲司，他的倾心之恋------小表妹曹诚英，虽都在他心里划过深深地印记，但最终与他都是相忘于江湖。他以隐忍之心保全了家庭的和谐。

鲁迅一生是枪，是匕首，他恨人不争，哀人不幸，嫉恶如仇，处处树敌，走完了他短暂的一生。他对待感情的方式也冷硬些，许广平的牺牲与爱只是温暖了他一程，或许他的性格对他的健康也是一种折损。

胡适温文尔雅，即便对待不同政见者，都选择隐忍不理，不发恶声。既便非要冲突也是在努力寻找一条少流血，少牺牲之途。

以成人之后的认知终觉得，真正有教养的人解决问题的路径不是不敢用暴力，是他敬天爱人的情怀总在，所以宁愿做一些隐忍和妥协，宁愿一步一步地换来天下苍生的安宁。所谓一将功成万骨枯，全是武夫和屠夫的心态。对待女人也一样，他不愿牺牲了一堆人，换取个人心里的愉悦，与懦弱无关。

没有情人的情人节

情人节，每年都觉得是最难过的日子，对我这样身在围城，年华不在又天天憧憬爱情的人来说它不仅加重了比平时更加平淡的感觉，还要看到扑面而来的各种真假秀恩爱，对易感好伤的我有时就是一种心灵的凌迟。今年亦毫无意外。

想想现有社会，哪个男人不是一路被操磨，历尽各种沧桑内心满目疮痍的，他哪有那份纯净的内心接受一份真情，哪怕是廊桥遗梦？太多的藏污纳垢，可能真的让人被迫相信何处不尘埃？

其实，男人由于社会责任，家庭重负等等可能即便举重若轻，也无法拥有一颗轻盈的内心，而女人因为永远对未来抱有不切实际的幻想，才让这个世界有了别样的色彩。而她也因为时刻幻想着那份永远不可能的美好，支撑她走过一个个柴米油盐，一个个沟沟坎坎，有梦的日子，才不觉得孤单。

情人节当日，于闲暇和无聊中，发了一组前日踏雪的照片，没想到意外的收到一位大学同学的回馈：（文中我被称为二姐，因在宿舍中我排行第二）

整个冬天，二姐一直惦记着踏雪寻梅，甚至不惜渲染一种场景，梅在，人在，等雪来。这是一种怎样的执念？这个大马金刀的蒙古女子，穿越唐诗宋词而来，竟然沾上一身江南小令般情节。如此这般，顺祝二姐猴年吉祥：低到尘埃犹向低。东风着力满郊畦。友梅槛外孤山月，抱璞寒中三径迷。长岭下，小村西。悄从夤夜入新泥。青阳消得无寻处，遍地野花香马蹄。（调寄鹧鸪天）他把这段话发在他的朋友圈，我同学兼闺蜜告诉我，我才看到的。

有时人的感动就在那一瞬间喷发，他叫阿宾，家在广州。上学时他是标准的江南才子，婉约细腻，而我是洒脱的北地胭脂，豪放不羁，同学调笑我俩是天设地造的一对。不知是落花有情，流水无意，还是文人相轻，想看两生厌，总之，我们除了写诗彼此讥讽，并无一点交集。

我那时学的给排水，只羡慕那些把建筑图画的横平竖直，高冷严谨的才子。此后十几年，彼此毫无信息，直到六七年前我和闺蜜加同学一起去长沙参加全路桥牌锦标赛，才又与他重遇。我看似活泼随和，其实内心很自我，并不愿意和人有太多交往。

是闺蜜到了长沙后想见见老同学，积极地四下联系。记得当时周边的好几个同学摩拳擦掌，信誓旦旦地说要来长沙一晤。每天比赛完，闺蜜就兴奋地等待着哪个同学来敲门。直到比赛结束前一天，阿宾来了，带着满身的风尘和疲惫。他本来家在广州，但他们的项目在怀化，当时还没高铁，他似乎是坐了多半宿的火车，背着给我俩的两大袋子特产，然后再倒车来到这里的。

他当晚叫了一个低我们一级的师弟，要了一桌子的海鲜，笑眯眯地看着我俩狼吞虎咽。南方的海鲜真鲜啊，我俩面对老同学也肆无忌惮的不顾吃相。

原来我的印象就觉得南方的男人没有担当，娘娘腔，所以心里是对人家不屑一顾的，那次我的认知才因他有所转变，因为另一个一直吵吵要见我们的北方大汉最终也没有露面。

我们都是凡人，有时都有流俗的一面，需要在平淡的日子中挤出些感动，这样我们的日子才不至于沉闷到死。直到今年初，我和阿宾才互加了微信，但基本平时各忙各事，甚至没有什么问候，依旧互不理睬。我没想到他一直默默关注我，在特别的日子给了我一份深深的感动，让我感到在这清冷的节日里还有人记起我，永远记得他发的那句话：二姐的身上满满的正能量。

有一种情意，无关风月，无关暧昧，有的可能只是一份欣赏和怜惜……我会珍藏，它鼓励我永远坚持我自己，永远做天上皎洁的一弯明月。

杨绛与林徽因

杨绛和林徽因都是民国的女神，她俩有诸多的相似之处，都受过良好的教育，有过留学的背景，嫁的都是各自领域的精英，都有让人称羡的婚姻.

细品之下，两个人又有不同。林徽因喜欢热闹，她的灵动，才思尽显在"太太的客厅里"。以她为中心的沙龙汇聚了当时知识界的精英，看看这一列名单：诗人徐志摩、哲学家金岳霖、政治家张奚若、物理学家周培源、美学家朱光潜等等。

每逢聚会，风华绝代又才情过人的林徽因是提出和捕捉话题的高手，大家品茗坐论天下事，谈古论今，皆成学问。思想的交织与碰撞俨然成为当时中国的思维高地。杨绛似乎更喜欢在自己的圈子里做学问、过生活。她并不艳羡"登泰山而小天下"之感，只想静静地看叶的变化，听鸟的长鸣，外界的一切喧嚣与她无关。中国传统的价值体系中女子相夫教子，她做的一样不差。为了全力支持丈夫做学问，从一个大家闺秀变身好主妇，跑菜市场，潜心厨艺，被钱钟书赞为"最贤的妻，最才的女"。

常常在揣测，家庭教育对人性格生成的影响。两人皆出身大家，但杨绛性格和顺体贴，杨绛父母琴瑟相合，成长环境和谐温馨。林徽因父母不和，母亲没读过书，守旧、急躁、心里

29

充满委屈与怨气，父母间交流不畅，林徽因的成长一直处在父亲的宠爱和母亲的阴郁中，难免有性格不稳定的一面。

因此，大凡父母和睦，夫妻高度一致的家庭，孩子大都阳光、积极、自信、向上、从容、懂得为他人着想。而处在父母不和谐家庭成长的孩子即便才华横溢性格中总会找到家庭的阴影和烙印。这个意义上说，杨绛才是真正的女神。

岁月飞花

　　女人花摇曳在红尘中，婆娑成一道亮丽的风景。虽韶华渐退，但却是成熟风韵日增，恰似一幅浓淡相宜的水墨山水。茶能醉我何须酒，书能香我何需花？有一种美，既惊艳了时光，又温暖了岁月。

你是那一片红红的枫林

——写给我青梅竹马的友谊

在时光的无涯里，那些踏过生命的足迹注定有的轻轻浅浅，有的刻骨铭心，那份深藏心灵谷底的心疼和懂得就是透过灰暗和幽微缝隙中的光芒，给你无尽的温暖和慰藉。

娉娉袅袅十三余，豆蔻梢头二月初。记得那时你穿一紫色底上缀白色牡丹的棉夹衣，头上两抓高高的辫子飘摇在脑后，落落大方地站在那儿主持班会，我的思绪瞬间有了眩晕感，那神态、那眼睛像极了当时热播的电影《小花》中陈冲扮演的董红果。不自觉间我们就成了无话不谈的朋友。

你是班长、我是文艺委员，放学后，我们一起写作业。课业之余，我们的话题除了一起为班级的各种文艺演出策划添彩，还有未来想干什么？心中的白马王子什么样？少女的情怀总如诗般一会儿翻飞如梦，一会儿惆怅如丝。

记得在校园疏影花痕之间，我们幻想着，将来一起到一个有深厚历史积淀又清香四溢的城市生活。

倏忽间，二十多年过去了，你到了古城西安，在大学执教。我依旧起点就是终点般继续在包头留守。我们亦如鹊桥会似的，每年只在你暑假探亲时匆匆一见。你回来的那几天，今天你来了，明天我去了，来往间，总要占据你大半的时间。那些无法与人言的苦衷，那些存在心里的结节，那些珍藏的欣喜都一股脑地倒给你，经你杀伐决断，删繁就简，心里面剩下的就都是平滑与光洁了。

记忆中，只在很久很久以前，途经西安时，停留了几天。记得那流火般的天气炙烤着行色匆匆的人们。那时你刚刚结婚，住在学校分的一室一厅的小房子里。在窄小又如蒸笼的屋里你天天挥汗如雨地炒好几个菜，生怕我的胃不被优待。白天你带我领略六朝古都风烟俱净后的东方神韵，晚上我们在如水的月光下回忆那细细密密的过往。只有在我们互诉的心语里，才让那柴米油盐打磨的岁月泛起一缕清音。

得知我要去深圳，你急急地跑到街上为我买了一件白色的真丝内衣，我估计那件内衣几乎花掉了你一个月的工资。那件内衣我穿了好多年，直到它由莹白泛起黄渍，裙角被磨得有了丝丝缕缕的破碎。总仿若你晶莹的汗滴渗入那柔软细腻的丝绸，幻化成精灵，于夏日它是清凉我之千年雪山上尚未融化的坚冰，于冬日就是置于浩浩晴天之上温暖我的高阳了。

每年的八月，浅秋的凉爽揉合着碧草间恬淡的香气，都是最盼望你回来的时节。那无人可诉的迷茫、高山流水的心曲、精神层面的高度契合，唯有你，可以。你一直视我如妹妹，知道我不愿接受你贵重的馈赠，你竟会约我上街，把我喜欢又没舍得买来的衣裙塞给我，硬说你买了又不喜欢了。那么好的化妆品你却说用了过敏，只好送给我了……

那日，无意中和你说起，想要出一本书，给自己的职业生涯留个纪念，一向大家风度，说话和缓平顺的你竟在电话那面期期艾艾起来，告诉我别嫌你俗气，你想帮我出书…瞬间，我无语。我知道，你懂我，疼我。你知道我一直喜欢与文字为伴，一直把理想和自尊如角般高高地竖起，囊中虽不羞涩，但绝不是仓禀流溢。我知道你事业有成，加之专业背景与投资理财有关，收入会比我多，可我说，真的不需要。

你喜欢秋天的枫叶，连微名都起为"枫叶红了"。我喜欢月亮，为自己起微名"月如钩"。一直盼望着，等我们安闲了，在美丽的秋季，走到秦岭的深处，当漫山红遍、层林尽染时，我们一起看弦月的清辉洒落枫叶的美丽……

疏影暗香浮

有句诗说，梅须逊雪三分白，雪却输梅一段香。人生最美的意境踏雪寻梅也算之一吧？每次看到斌斌我总是仿若看到一幅红梅映雪图，她就是傲立皑皑白雪之上的一株红梅吧。

初识她时，总觉她一身冷傲，拒人于千里之外。逐渐走近，源于我们俩的儿子在同一所学校同一班学习。由于孩子的亲近，我们的交往密切起来。

苏岑说，到了一定年龄，谁都不想将就了，和谁在一起舒服就和谁在一起，入我心者，我待之以君王，不入心者，不屑敷衍。岁月浓淡，沉淀下的都是知心朋友。

渐渐的，我们的小圈子固定在八人左右。一有闲暇，我们论诗书、观画展、谈琴艺，总有琴棋书画诗酒茶花为伍，唠家常、展厨艺、逛市场，不忘柴米油盐酱醋飘香。

姐妹们总是轮流做东，每到聚会时都是最兴奋的时刻，群芳争艳，笑语不断，拍照不断。但只有那次斌斌做东时，把我们请到家里，让颇有见识的几位姐妹瞠目结舌。斌斌家是复式的，面积适中，但一进家，感觉进了大观园般虽古雅但不乏清新之气。家从设计到装修，从大的框架风格，到小的细节装饰全体现着斌斌的灵心妙慧。朋友中不乏见过高门大户装修之人，但斌斌的家让我们一致的叹为观止。它虽有飘渺感，但不少烟火气，用硅藻泥制作的背景墙，淡绿与乳白相间，上面飞扬的是浅棕色的甲骨文。一帘飞花碎影的荷塘月色窗帘下摆放的是绽开大喇叭的留声机。那天她给我们做了蚝油焗南瓜、清蒸鲽鱼、黄豆煮猪脚、黄焖大虾、西兰花玉米小炒…一桌子的眼花缭乱，色香味的绽放，缤纷着酒的芳香，仿佛将我们穿越回了往昔的少女时光……

斌斌善舞，少年的童子功加之成年后的成熟韵致经常将她的傲娇与妩媚在舞动中挥洒到极致。

斌斌爱游，做好攻略后，她蓦地就一个人来场说走就走的旅行。她可以在险峻的郭亮村徒步到人迹罕至之地，也可以在杜鹃盛放、青砖碧瓦的西塘临花照水，她一会在北国雪乡的寒冷中欢蹦打滚，一会又在江南浩浩烟雨里风摆荷叶。总觉得她不染烟尘，但她却在最深的红尘中时而风生水起，时而悄无声息。

斌斌蕙质兰心，每次遇到电脑上的问题，总是第一时间让她处理，画那么复杂的表格，微信和电脑间的文件转换等让我无可奈何的操作她都是手到擒来，令人仰止。

斌斌很美，美的高贵清冷，随便一件衣服穿到她身上都有不一样的味道。一位圈里女友戏称，斌斌顶块抹布都好看。

一直觉得她外冷心也冷，但因为欣赏她的特立独行，所以她在我心中始终份量不同。感受到她挚热的心是在去年。她在单位办公室担任副主任职务，事务繁杂。我有一天出外采访，给母亲打电话，手机一直无人接听。因为母亲腿疼，是不大出门的，我一时就有些慌乱。到了中午，还是无人接，我更加不安。无奈之下中午一点半给斌斌打电话，她按照我推测的几个地点最后帮我找到了母亲。跑了一中午的她还要上班，令我不安，但一有火烧眉毛的事，我总是会想起她。

2015 年的冬天儿子去北海冬训，14 岁的他第一次独自离家那么久，我也是第一次那么久不和儿子在一起。每天少了那么多围绕儿子的工作，我好像丢了贵重物品般失魂落魄。那些日子，斌斌看出我的落寂，总是叫我和她一起吃饭，陪我聊天。一向不爱应酬的她不停地张罗吃饭，分散我的注意力。

她送过我一本蓝皮青花瓷的线装笔记本，一把苏绣的团扇，一支蓝白相间蓝缨穗子步摇几乎都是我最喜欢的东西。

她太知我心！看到她总有那句歌词跃上心头：婉约的宋词是一杯线装的酒，一醉千年至今粉面含羞，一梦千年你在何处等候……

你是人间四月天

朋友大概可以分好多种，给你精神能量的，给你实际帮助的，指引你前进方向的，悄悄给你安慰的……虽说人生是一场独自的修行，但好的朋友既是你心灵的慰藉，又是一道靓丽的风景。

有时，人的缘分就是那么奇妙，我和彦青同在一个系统工作，二十年前就已相识，之后偶然一见，都在惊鸿一瞥间，彼此喜欢，彼此欣赏，但因为机缘还不够，没有深的交集。岁月匆匆，似水流年。在 2014 年，我俩共同的挚友才把我俩深深地连接起来。

有一种遇见，它丰盈了你的生活，浸润了你的心灵，打开了你的视界，激活了你的神经。彦青就是这样的女子。

参加朗诵学习班，唱歌班，读书会，走旗袍秀，观摩学习摄影展，画展，主持各种活动……每天看它如燕子般的穿梭充电和做各种公益活动，我不禁对自己的生活也生出几分质疑。

我一向春困秋乏夏打盹，喜欢在自己的世界里静静地自言自语，和她熟识之后，我变了。她经常早早打来电话，姐，明天有个读书会，我接你去，一起去啊，玩呗，等着我啊？无法拒绝的热情，去吧。再过几天，姐，旗袍会今天讲茶道，香道，看看去呗，接你。挡不住的诱惑，又去了。就这样，她带我走进了一个个的殿堂。从王天读书会到雷蒙再到如今驻足收获在最美读书会，我们一起在雨中等彩虹，一起在雪野中看星星，努力活出一个丰盛的自己，不负流年不负梦。

她的多领域穿行，不仅是简单地驻足，她总要把你带到一个新时空，要做就做到极致。那次我们作为旗袍方阵在电视台录《敖包相会》节目。期间，电视台要做一个简单采访，她极力推出我。虽然我视名利如浮云，但我看中的是这份友谊的质量和她的胸怀以及愿把好友带到一个新天地，与好友分享一切美好的那颗心。这个风一样热情的女子还做事精细有心，电视播放这期节目适逢我出去比赛，她不厌其烦地录下来发到我的微信上。

知道我迷恋照相，只要到一个环境优雅的地方，她第一句话就是，飘姐，给你来两张。然后，各种角度的拍，后期处理，直到你满意到不好意思。

那天，正逢我有点小郁闷，她电话中大概觉出我的低落，执意要请我喝咖啡，那个暖暖的下午，在氤氲着香气的咖啡里，我的心一下子明亮起来，因为这个明媚温暖的女子。

因为她靓丽，知性，声音好，一些公益的活动请她做主持，人们看到的都是她的光彩明亮，不知道她背后的用心和执着。为让声音的特质更有磁性，她在拜师学习的基础上，一有重要活动总是反复练习，还不时征求我们这些密友对她声音，着装，神态等方面的意见。第二期最美书友会活动前后她一直低烧不退，嗓子发炎，但她什么都没说，坚持圆满地主持完那次聚会。

前一段，书友会好文不断，她虽然出手不多，但一篇《我的眼里只有你》写尽夫妻爱，一篇《老爹的日子》写满父女情。文章胜在情感真挚，胜在用情用心。她是一个认真，用力生活的女子，所以她的身上满满正正的气息。

读书，旗袍秀，旅行，音乐，摄影，一切美好的东西都与她如影随形。她在缤纷里静静地绽放，又在安静里翻天覆地。她在努力做一个完美睿智的自己。

最喜欢林徽音的那首人间四月天，改编了一下，送给她吧：

多少梨白桃粉，是爱，是暖，是人间四月天。笑响点亮了四面风，轻灵，在春的光艳中交舞着变。四月的云烟，黄昏吹着风的软，星子在无意中闪，细雨点洒在花前。细数流年，一年中最美的都在这诗意般的人间四月天，不期而遇是生命中最美的缘。绿树繁华间，惜一份懂得，收获一份温暖，让灵魂对望，脉脉生香。

带着壳飞翔的铿锵玫瑰

点点是我真正意义的闺蜜，她姓孟，我俩读书时同住一室，上班在一个单位，后来几乎前后脚从原单位调出，她成了铁路警察，我进了铁路电视台。岁月的淬炼，原本干练的她逐渐成长为一个杀伐决断、铁血丹心的"女强人"。

她负责消防工作，每当一看到"隐患大于明火、责任重于泰山"的字句，我总是暗暗从心里为她捏把汗，觉得本该男人干的活却压在了她小小的肩头。

点点娇小玲珑，她纤细的身体包在窄小的裙身里，像天上一朵小小的云，也像水中绽开的一朵小小清莲。

我总是难于把生活中柴米油盐的她与工作中雷厉风行的她连接在一起。

记得，前几年，她下基层做消防知识讲座，惊讶于她的表达。一般业务干部讲课不够生动，流于枯燥。而她深入浅出、娓娓道来，刻板的条例从她口中仿佛都生出了花儿，长出枝叶来。也见识过她板起面孔训人，对不符合规定的乱来，她总要不停地晓之以规章，动之以声色。

近几年，随着经济社会发展对消防的要求越来越高，她承受很大的压力，一面是急急地想开工，一面是开工、开通的硬件不足，两下矛盾的较力常让她处在夹缝中食不甘味。但即便遭遇很大的压力，她始终恪守原则和坚持底线。这也是我见识过的大多数女性负责人具有的特别明显的特质。

职业习惯束缚着她的言行，让她比起那些灵动妩媚的女子多了几分刻板和严肃，但她是一个能把工作和生活分开的女子。她喜欢美丽的衣服，像所有爱美的女子一样，她穿旗袍、也穿洋装，脱离了制服的约束后，冰冷的执法者的印记也就随之散去。她爱研究美食，总把她试制成功的菜品兴冲冲地告诉我，像发现新大陆一样，鼓动我也试验。

我俩同一年结婚，但我的儿子比她女儿小四岁。不约而同，我们都把彼此的孩子视为己出。

2010年母亲在北京做个大手术，我去陪伴母亲，把孩子放在她家里。因为估计去的时间不会短，之前让儿子做个选择，儿子没有选择亲人而选择了孟姨。她的工作管辖的范围广、业务性强、责任大，因此，我经常看到她疲惫和焦虑的样子。犹豫了一下怕她太过劳累，毕竟工作已经让她不堪重负，自忖这样做对她岂不是雪上加霜？可潜意识里我肯定是自私地想：10岁的孩子只有交到她手里，我才能更放心，因为她会比我这个妈妈更尽心。

记得一个多月后回来，恰逢儿子期末考试，儿子考的出乎意料得好，我深感意外，儿子得意地说，孟姨和姐姐每天都给他检查作业。

我们的姐妹情已渗透到彼此的生活里，儿子病了住院，她一大早摊了细细软软的薄饼、熬好粥送过来，再急急地赶去上班。有次我们都出差，孩子小饭桌吃腻了，想吃孟姨作的饭。我说炒一个菜就行，她七碟八碗地拿了好几个保鲜盒，西瓜都是切成小块盛在盒里。母亲住院，她总是第一时间到医院探望，闲暇时，陪母亲家长里短地聊天儿，轻声劝慰，帮她打开心结儿。

因为工作涉及执法，总会遇到想投机取巧的人，有人碰了钉子，会有一些不正当言行。她遭遇一些不公正的对待，情绪也会失控。有一次她哭着让我去单位接她……总觉得职业的磨练使原来温婉的她越来越刚硬，其实是应了那句话：坚强是柔弱生出的茧.

点点家境不错，但我从未见她浪费过，碰到喜欢的东西也是思之再三、挑了再挑地比选，从无一点奢靡之气。但每遇亲朋好友有个大事小情，她再忙乱也会亲力亲为，把心意尽到，那种对礼仪的敬守大概是源自她良好的家庭传承吧。

曾几何时，我们一起徜徉在黄河畔踏青;爬到白塔山顶打桥牌、品味"三泡台"；登上皋兰山顶烤土豆。

二十多年过去了，职业在我们身上投射了不同的影子，她越来越严正，我越来越松散，有时看到她严谨、认真的工作态度和生活方式,我竟有无地自容的感觉。

盼望着，几年后，为了生活四处奔忙的我们，能一起观流岚、飞瀑，一起看云、听风，回到往日单纯美好的时光……

你就是你，颜色不一样的烟火

记得二十年前初相识，桃花如水，柳丝含烟。我芳华正好，你情窦初开。我们共同把激情燃烧到一部人物片的拍摄中。你是编剧，我是导演，一起改剧本，分镜头，商量拍摄细节……不到二十岁的你就有过人的思想力和行动力。我们共同打造的《包铁人写真》第一期好评不断，从此拉开了我们友情的序曲。一起逛街、谈写作、憧憬爱的罗曼史…日子在飞逝，一向一杯香茗一卷书、偷得半日闲散，一抹斜阳一壶酒、愿求半世逍遥的我二十年如一日，过着无波也无澜的生活。蓉蓉却起伏跌宕，尝尽百味人生。

从去年九月底得知她白血病复发到现在 10 个多月过去了，作为好友的我们每次都讳忌莫深的样子，生怕戳穿她的泪点，让她难受。想到原来一起玩、一起笑的朋友每天都接受炼狱般的治疗，徘徊在生死一线间，我们也都有一股难言的酸楚。

蓉蓉大概是个早熟的孩子，她一路走来，职业生涯走到大多数人难以企及的高度与她的早慧和过人的才华有关。

记得学生时代她就是学生会负责人，年少时就展露出卓越的文学和组织才能。成长中，她从站段到局团委到组织部最终成为一名国家级刊物的总编，激情、勤学、善思、执着一直与她如影相伴。

记得二十几岁时，她就经常熬夜写材料，那时她就对我说，她老掉头发。特别一有大型活动，她策划方案时兴奋的一宿一宿睡不着。曾经很多全局的演讲会、甚至和自治区的一些联谊会都由她担纲主持就是因为她自己撰写的主持词大气、有内涵且不失活泼，同时她现场应变能力也惊人，所以她成了全局大型活动的金牌主持人。

不知是不是天妒英才，29 岁时，事业如日中天的她被查出患有白血病，她如天使般折翼了。记得那时她还如孩子般，化疗的痛苦稍一缓解，只要是稍有点精神她就大白兔般蹦蹦跳跳，还唱歌给病友听，给大家讲笑话。看到别人拍回来的她在隔离室里光着头，还摆着胜利 poss 的照片，不知道的人以为她进的是火箭发射舱，一副神六发射成功，王者归来的样子。化疗还没结束就会接到她的电话：我想吃你说的烤炉鸡了，你可别骗我啊，回去给我吃啊。我还想吃蛋糕、萨拉齐面皮、还有羊肉串儿，我们都哄小孩般答应她，等她回来只给她吃一些百分之百有保障的食品。

.终于，她奇迹般的好了，据医生讲，她这种类型的白血病治愈率只有百分之七八，大概是她天使般的微笑感动了地狱的使者，不忍将她带走吧。终于我们又能一起欢笑了！我们一起兴奋地喊着：成熟风韵日增，青春靓丽不减，让自己优雅常在的口号在桃花源里赛诗书，在赛汗塔拉行走奔跑，在南方的浩渺烟云里充满自恋的拍照，在北方的大雪纷飞中摆出互赏的表情执手相看。

按照惯常的思维，毕竟她是大病初愈、又是死里逃生的人，或许会选择平静安然的日子，无波无澜地走下去。可蓉蓉不这样想，她说，病了就不该追求完美的人生体验了吗？病了就要放弃认真工作和生活的态度吗？我要啥也不干，整天养着得难受死。况且，也对不起这一路走来关心帮助我的人呀。

她依旧像个正常人一样，甚至超越了很多的正常人用力地工作和生活着。上帝给你苦难的同时，也会褒奖你。终于，由于机构的变迁，蓉蓉所在部门升格，又恰巧一个合适她的岗位、刊物总编砸到她头上，我们开玩笑说，这真是天降祥瑞呀，这位置太适合她了！她终于可以过一点舒服的日子了。不好之处就是她的工作地在呼市，我们聚会的时间少了。但只要在一起，我们就嗨的惊天动地，全然不顾周遭的一切。

最近的一次聚会定格在去年9月26日，那是一次我们感觉十全十美的聚会。那天在幸福里缤纷着花朵的卡间里，我们快乐的像花儿一样。那天，蓉蓉时而兴奋、时而沉寂总让我感觉哪里不对劲儿，兴奋中，她逐一点评每一个人，既道出了特点又说出了闪光的地方，她充满理论高度又浸满文学色彩的解读让我们每个人都对自己兴奋不已。后来听说，就在那天她得知自己白血病复发的消息……她强作欢颜参加了聚会。

这十个月，我们只是不断的给她发一些鼓劲的话，好听的音乐或者以前的美照安慰她。病情及治疗的进度几乎没勇气问及。没有她这个核心人物，我们的聚会也中断了。看她朋友圈信息寥寥，就猜想到她的治疗一定非常痛苦，因为这次她要做骨髓移植。医生说，她和弟弟的配型是半相合，是否能移植成功不好说，即便移植成功后，风险也一直在，今后还有排异反应等等……

记得有一天下午，春日的暖阳静静地洒落身上，早春的嫩蕊娇柔地绽放。独自走在赛汗塔拉公园里，蓦然闪过去年在炎炎烈日里她执意为我们拍照的场景。蓉蓉读书多，人文素养深厚，她拍出的照片总有独特的视角。年轻时她就酷爱摄影，特别到了总编的岗位，她把我们一看就头大的单反研究的透透彻彻，她捕光逐影、虚实变幻、美轮美奂的那组照片已成为见证我们友情和欢乐的经典记忆。

记得那天烈日如火，从灼灼白日到夕阳西下，我们都担心她身体吃不消，劝她少拍几张就行了。她说，把你们这么多大美女凑齐，我得好好检验一下自己的摄影水平，不拍出点水准来多让人笑话呀，咱在杂志社绝对是内行领导内行，得修炼成双枪大妈，一打一个准，镜头是枪，笔杆子也是枪。突然特别害怕她会离开我们，泪水不经意地滑落下来。马上给她发了一句话：一定要快好起来！今年我们依然要美美哒等你来照相！她瞬间回了个加油的符号和笑脸。

一直悄悄地关注她的朋友圈，终于在八月二号看到她写的一段话："整整 89 天在隔离舱里炼狱般的日子浮出记忆，清髓的痛苦难以名状，那时我没有哭。一次次剧烈呕吐直至将食道卡出血，长达一个月的尿血和刺痛，用药造成高热昏迷，口腔溃烂，皮肤肝脏排异，我没有哭。我一天都没有向命运低头，我把笑脸、把快乐展示给为我担忧、牵挂我的家人和朋友。没有什么比笑容更有力量，没有什么能够打败始终带着笑的倔强"。我瞬间泪奔，回了一段话：你的笑容让我一直幻觉你是否生病，你的平静让我恍惚你所有的曾经。你经历的我无法感同身受，但你的坚韧让我热泪长流。别人可以听雨看云，凭海临风，你生命的光彩却一直用血和泪描摹而就。你是我心中最美的山峰，不必理会世俗的唾液飞流。你命运的江河静水流深，你岁月的风铃清脆如莺，你生命的底色姹紫嫣红，你点燃的热力足以引爆星空。你不是俗世的烟火，你来自火星！

她每天依旧要吃很多抗排异的药，但她忍着痛每天坚持看书、散步，弹琴，想起那首她喜欢的歌：向前跑，迎着冷眼和嘲笑，生命的广阔不经历磨难怎么感到？命运它无法让我跪地求饶，就算鲜血洒满了怀抱。

一直在猜想，假如能重来，蓉蓉会怎样选择？答案是：年轻、激情的她还会这样选择。因为她从不伪饰、不做作，她其实一直就是按她生命的底色在生活。她不喜欢平庸、不愿无所事事，她渴望生命的怒放，而也正是这种不一样的想法给了她一次次向死而生的坚韧和勇气。

终于立秋了，天气不再闷热难捱。走到人生的秋日忽地对黄色情有独钟，鹅黄，嫩黄，明黄……每一抹黄色都是时光的印记。

时间真是白驹过隙，我和蓉蓉相识、相知整整二十年。踩着软软的叶子，走到蓉蓉家，她正倚在沙发上看书。午后的阳光映射到她恬淡、安祥的脸颊上，又如涟漪般层层散开，她的目光从没有过的柔和。她说，最近读了很多历史、传记类书籍，领悟到古今中外的大人物都有过人的精力和体力，都有恢弘的胸襟和容纳力。可能我们普通人生命的能量是一定的，你透支地去寻求生命的高度和宽度，就会消耗你生命的长度。她说，人就该什么年龄干什么事，年轻时拼命地折腾是让生命怒放，后半生就要读书、修心，让自己的生命静美。人最终是要实现静态的回归。

我说，是啊，接下来的日子我们就在茶的氤氲中细细品味岁月静好，在旧照中翻卷每一个精彩的瞬间，让书浸润的日子弥散出袅袅沉香的味道一直安静地走下去……岁月静好，与君语；细水流年，与君同；繁华落尽，与君老！

奇幻小魔仙

　　一番桃李花开尽，唯有青青草色齐。未与草妹相识前，总听蓉妹念诵：你俩太像了，不仅性格秉性像，连穿衣打扮都像。第一次见面，我俩穿的裙子的款式居然都一样，撞衫！再往后聚会多了，我俩不仅撞衫，连头饰、耳环之类小饰品也不谋而合的喜欢同一款，恍惚中总在疑问：莫非我俩是前世失散的姊妹？

　　草妹是个如棉的女子，柔软又折射着莹白的光泽。一看到她，仿佛阳光就洒满心间。草妹爱美，一切美好的事物都能触动她的心扉。她自己缝制的一朵朵布艺的花儿，或别在发髻、或挂在胸前，总为她增一分婀娜，添几分妩媚，那朵朵的花香也在浸润、滋养着她甜甜柔媚的心怀。

　　草妹是音乐老师，说话间吴侬软语，她的歌声像草原上的夜莺，高亢清脆又婉转悠扬。她一首《牧羊曲》总唱得我热血喷张，恨不得自己立刻变身令狐冲，时刻呵护小草妹。她唱的《江南谣》，让人迷离间回到炉烟郁郁水沉犀，木绕禅床竹绕溪的烟雨江南。草妹特别善良，她见不得别人的苦难，总是竭尽所能地帮助那些需要帮助的人，她的微笑和善举温暖过许多家庭贫困，但却努力上进的孩子，那些孩子们都真诚地叫她"韩妈妈"。

看到别人优秀，她总是发自内心的敬服。聚会时，总能听到她轻柔的话语：姐姐你好美呀！姐姐我好崇拜你呀！姐姐，我太佩服你了……她总把自己放得很低很低，像一株小草，仿佛低到尘埃里，谦恭地仰望每一个人。因为音乐素养好，专业知识精通，有大型活动时，她常被一些单位聘请做艺术指导，编排节目。常常听到一些职工议论：那个小老师水平挺高的，就是太认真了，唱不好不让下班，整的我们比上班还累；她唱歌那么好听，但教我们特别耐心；我们喜欢听韩老师说话，像我们的知心姐姐……

生活中她总爱把美好的情感挥洒在大家中间。朋友说，她喜欢孩子。有一年，她邀请了十多个大小朋友一起来家里过圣诞节，她做了满桌丰盛的菜肴，自己扮作仙女给大家发礼物，那浓浓的诗意般的浪漫让每一个孩子感觉到天使在人间，让每一个大人依稀往昔重来。

花酒渚，酒满瓯，万顷波中得自由。曾几何时，我们一起穿梭在各个公园，留下双双剪影，只因为我们都是酷爱自然、酷爱自由的人。总在静静的时光里，听到她糯糯软软的声音，姐姐，这两天天气好，咱们出去转转再拍点照片吧。

草妹对美、对音乐的领悟力极高，杏花疏影里，吹笛到天明。一点墨香拙笔迟，万分思绪绣花诗。每次去照相，她不厌其烦地找最佳的角度，启发我拍照时应该是什么样的姿态，什么样的感觉。不知道她怎么会有那么多招数，能营造出浑然天成的意境，并把拍出的照片修饰的韵味十足。每次看她拍的照片，总让我重拾青春的印记，内心澎湃不已。我们共同寻找心灵的原乡，音阶处翩然滑落的相伴，让彼此更加心意相连。

从春光正好的奥林匹克公园，到烈日灼烧下的赛汗塔拉，从秋叶静美的包头乐园，到冬雪压枝的西植物园都留下了她为我定格的每一个瞬间，每次拍照后她都不厌其烦地后期制作，每每创意如泉涌时，她后半夜还扑扑地发照片，比我还兴奋，她就是如仙女般成全着每个人的快乐与梦想。

草妹应该是天上落入凡间的精灵吧？她时而简衣素笺，一身棉麻，如邻家阿妹，时而锦衣芳华，惊艳天下，柔媚入骨。看到她心里总会跃出这样的诗句：春水初生，春林初盛，春风十里不如你。

书影暗香

　　只想在静好的时光里，浅吟低唱，明媚安然。独守一方纯净的天空，以如水的情怀轻盈看过。在温润的文字中，将心安放。任窗外云卷云舒，我自安然。只想做诗酒田园的主人，将婉约的宋词读出线装的清醇味道。

书香伴我行

我对读书的热爱追根溯源，是来自爷爷。

最早的记忆是要过年了，那时家家户户都在忙着扫房子，做新衣，炸东西这些固定的程序，父母也不例外。当时家里住着三间平房，扫房在我眼里就是过年时最费功夫的事。我的工作是负责到大约500米外的水井里挑水。那时我刚上小学二年级，但个子很高，干起这体力活丝毫不费力气，爷爷就在那时候开始给了我们有关读书最好的启蒙。记得他讲的第一个故事是三侠五义中的《狸猫换太子》，好像每听到关键处，总会听到爸妈"快去打水！"的喊声，我便立即飞奔出去，即便挑着两大桶水回来也恨不得健步如飞。

就这样我迷上了读书。爷爷陆续给我买来《前后汉演义》、《隋唐演义》、《明清演义》、《七侠五义》等一大堆演义，我沉迷其中，不可自拔。这些书奠定了我一生喜好文史的基础。

中学时除了细细读完了中国传统四大名著外，我还常常躺在被窝里打着手电偷偷读完了《啼笑因缘》、《三言两拍》、《京华烟云》、《珍妮姑娘》、《嘉丽妹妹》等当时世俗眼中不太适合中学生读的书。我一会儿觉得自己是林妹妹，一会儿自己又是史湘云，一会儿又变身姚木兰，读到动情处，每个女主人公都是我。读的遍数最多的一本当属杨沫的《青春之歌》，几近走火入魔。总把自己幻化成女主人公林道静，心中的恋人形象也是道静的挚爱卢嘉川，这个形象一直影响到我日后的择偶观。

之后工作，阴错阳差打交道最多的居然是机器和数字，让年轻时敏感多愁的我过着心如刀割的生活。终于苍天有眼，又圆了我文字梦。说来命运的改变也得益于读书。当时我供职的企业成立电视台，公开从管内各单位招聘记者、主持人。几万人的企业报名者中人才济济，不乏硬笔杆子。我能胜出全在第一轮综合知识测试中占尽先机。因为题出的稀奇古怪，我这个爱读书的杂家竟将许多娴熟写手挥与马下，一路遥遥领先，最终以第一名的成绩被电视台录取。

之后，走上专业之路的我如陀螺般不停地旋转，之后稍有闲暇只想休息，只是偶然间读一些武侠，琼瑶，还有三毛的书调节自己的情绪，后来只以快餐式的阅读填充自己已经被格式化的内心。

直到六七年前，改革让工作格局发生变化，自己终于从终日忙碌如绿头蝇乱撞的状态中解放出来，渐渐的也在找回自己的内心。一本本人物传记让我在解读那些饱满而丰盛的灵魂，后来喜欢上民国。民国的大师，民国的名媛。刘文典、梁启超、梅贻琦、张伯苓、章太炎，一个个学养深厚的大师，一个个心系教育的官员，他们真正做到了为天地立心，为生民立命，为往圣继绝学，为万世开太平。林徽因、郭婉莹、董竹君、张幼仪、吕碧城，她们如花的面容已随雨打风吹去，但她们精彩的传奇已袅娜成永远的风景。

后来读白落梅，读雪小禅，小资唯美的情调也于内心中渐渐滋生。

再后来读了《平凡的世界》、《穆斯林的葬礼》等书籍，让我对人性、对爱情、对社会、对理想状态的思考不再只苑囿在非黑即白，非好即坏。知道很多人就是不一样的烟火，注定是主宰，很多事游离于我们的想像之外。

近两年，更觉历史是镜子，可以知兴替，鉴兴衰，对文史纪实类书籍的兴趣日浓，精读了《明朝那些事儿》、《万历十五年》、《大清相国》、《大国崛起》和二月河的一系列书籍后，更增添了大的历史观和更多的诠释现象的视角。现在随着全民阅读的兴起，特别加入了最美读书会，受到更多爱阅读的人的触动和启发，阅读的范围更宽阔了。惟愿今后的日子，以书为伴，与一群爱书的人找到更和谐的共鸣。

谈读书与做人

昨天，听了周国平有关人的《三个觉醒》的讲座，因为之前，读过他的不少书，对讲座中的观点，并没感觉到太多的稀奇之处。当然，大师自有大师的独到之处，他对问题的归类，梳理和提炼的深度，一般的专家还是难以望其项背。讲座之后有十几分钟的他与听众的互动，面对一些锐利的提问，他回答问题时真诚，坦率，从这个角度以及他的人生经历、他的很多做法可以读出他大致的人品，并由此选择信服他所有的理论。

近年来，陆续的听过不少专家和大师的讲座，的确是良莠不齐，其中不乏夸夸其谈和哗众取宠者。诚然，读书可以让人明理，开阔视野，甚至心生敬畏之心，但一些读书人，私德和人品都不好。比如，郭沫若，胡兰成等等。

一直喜欢张爱玲的文字，但总觉得她冷情冷面。后来看了她和胡兰成的交往细节，包括胡兰成写给她的情书等等，才知道爱玲何其不幸！她一路走来遭遇的人和事销毁了她身上所有的暖，冰封了她一颗孤傲的心。幼年时母亲远走他乡，父亲冷漠自私，后母对她无情。青年时遇到猎艳高手。看看胡兰城在与别人同居时写给爱玲的情书：梦醒来我身在忘川，立在属于我那块三生石旁，三生石上只有爱玲的名字，可是我看不到爱玲你在哪？原是今生今世已惘然，山河岁月空惆怅，而我终将是要等着你……

不说胡兰成做人的操守，就说他对待女人的态度，时时用不同女人或是思想或身体或是其他他最需要的东西来填充他一直惶惶不可终日的心。可上天偏给了他一世的才情和善于迷惑女人的手段，所以遇到他的女人不说也罢……爱玲那被他迷惑的心是怎样一寸寸的被凌迟才有了最后的决绝，最后造成她更加的一世清冷和飘零，想想上海当时的追求者也是排着长队…为爱玲戚戚然。

由于职业的便利，有机会接触一些人们眼中的成功人士，他们中不乏才华超群，能力过人，又不断修德的，但一些心理阴暗，道貌岸然者也是让人大跌眼镜。

记得接触过一个位置不算低的人，本来我之前的三观根本不屑与这样的人打交道。和他产生一些交集是因为要做一期访谈节目，他是嘉宾，我万分不愿地接受这项任务。未料想为节目顺利进行的必要准备全然无用，他思维缜密，论据充分，言简意赅，句句戳心，让我对他的印象有了些许的改观。

随后有过几次闲聊，他博览群书的程度，大大出乎我的意料。名著中，我怎么都看不懂的《百年孤独》，看不下去的《生命不能承受之轻》等，他都娓娓道来。

那些我一看就头疼的枯燥的国外哲学论著他多有涉猎，至于老庄孔孟更不在话下。记忆较深的是他说《君主论》和《二十四史》给他提供了很多管理的经验，我私下翻了翻，心想不过是学了满肚子的阴谋诡计罢了。让我受益的是他推荐了一些定居美国的台湾学者的书让我阅读，如徐倬云，余英时等，至今觉得这些学者的视角和观点确实让人耳目一新。

记得我看过的目前我认为最好的一本书《巨流河》时，大概是在六年前，与他交流看法，他竟已通读两遍。其他我认为特有正激励效应的一些书籍如《南渡北归》，《上学记》，北大才女张曼菱有关西南联大的一些论著他也都读过。以他忙碌的工作之余如此博览群书，的确让我感到自愧不如，汗颜不止。但稍深地一交流，就觉得他读的书一点没进入骨髓，他内心的阴暗，满腹的垃圾难以用书香冲刷掉。

记得，聊起林徽因，他说林是觉得梁思成家比徐志摩家有钱，林才嫁给梁的。真真无语，以徽因自己的家世，才貌，她还用在乎钱吗？他还说，在单位，对有思想，不驯服的人就是要不停地打击他们，压制他们，让他们抬不起头来等等。我先前因为他读书涉猎广而对他产生的些许好感逐渐因为他的歪理谬论荡然无存，从此我知道读书再多，没有正思维就难有正言，没有正言就难有正行。

当然，大多数人还是能通过读书改变了内心，汲取了能量，读书改变不了内心的仅仅是少数人而已。

遇见最美的缘

——写给最美书友会

生命的长河中，总会遭遇不同的缘，缘生缘灭，成就着不同的人生也成就着不一样的自己。

有人说，人生其实就是无序的布朗运动，或许在大的自然面前，作为微尘的我们的确无法掌控自己的命运，但你的生命取向，你的价值要求总会决定着你人生的走向和高度。而支撑你走的更深和更远的是你遇到的人和事。

有的人在你生命中与你不停交集缠绕，可他（她）就是走不到你的内心，最终渐行渐远，了无痕迹。有的人出现或许就是要消耗你，打击你，而有的人虽只有几面之缘，但注定他（她）会在你的心海掀起飓风，他（她）会调动激发出你所有的生命能量，让你站在生命的最高处。

在国企庞大陈旧的机械运转中，我早已成为一颗没有活力的零件，朝九晚五地写着一些固定格式的文字，我的灵感早已消耗殆尽。我平静如水的生活也如枯井无波无澜。

所幸遇到彦青，这个热情阳光明媚的女子，她把我从故纸堆中拉出来，让我看到另一重的风景，让我笔走游龙，描摹另一种生活。

原来固执地认为，读书就是很自我的事，可一经走入最美书友会这个巨大的能量场才知道它磁力吸人，能量巨大。这里荟萃了八方人才，各行各业的精英。走到这个磁场内才知道这里有李白斗酒诗白篇的豪迈，有一日看尽长安花的得意，有红藕香残玉簟秋的婉约，更有安得广厦千万间的忧虑和责任。同一个话题人们各抒己见，各展其能，大家相互激发，相互触动，相互欣赏也相互温暖，不长的时间，这种交融和互动带来了大家文章量的提升和质的飞跃，也燃起了大家内心中最美好最炽热的生活热情。

遇到不同的人，你才会反观内照，找到不一样的自己。

初遇小魔女，一是慕名，二是同乡。带着对魔幻小狼窝的好奇走近她。这个水一样的女子清澈干爽，自己已走到另一重的山高水长却要以利万物而不争的姿态浸润别人的生活。作为最美书友会的创始人，她带领大家读书、写作、修行。她喜欢不忘初心，低处飞翔。她谦虚地说，书友都是她翅膀下的风。她说成就别人的同时也是在成就自己。应该说，正是有她，所以书友会背后才有了妇联，文化包头，包钢日报等更广阔的平台支撑着书友们越飞越高。

阳子是人们眼中的另一片花田。她在中央电视台工作过，但她低调朴素，但她一出现就光芒一片。她思想的深邃，行文的开阔与严谨为书友们树立了一道标杆。

胡刃老师亦如此，作为包头市知名的作家，以他大树的参天本可以不在意小草的卑微，他挺立的姿态就是书友们应该站立的姿态。

胡杨树是商界精英。他读书，写文章，为书友会的晚辈做各种服务。他不仅让我们见识了儒商的形象，更让我们看到了虚怀若谷的尊长之风。他总会以他不同寻常而又充满欣赏的眼光对每位书友的文章给于鼓励，但又润物无声般含蓄地提出缺少的东西，让初涉文字的人都找到了澎湃自己激情的花海。

还有大姑夫、小玉、知心静姐等一个个身怀绝技又心系书友会的人们。

最后想说的是土豆。豆哥的人生是我们永远不可企及的高度，他的爱憎分明，他的真性情，他用生死体验和宽广阅历写出的人生感悟，都是照亮书友前行的灯塔。他用行动在告诉我们，或许有一天我们既可以朝九晚五，也可以纵马江湖。我们可以跟着豆哥去穿沙，去跋涉，我们共同寻找我们生命中更多的奇迹，找到最美的自己。

精神的共鸣总会引爆出更高的精神能量，牵引着我们走向生命的另一重天地，愿我们红尘作伴，活的潇潇洒洒，策马奔腾共享人世繁华，对酒当歌唱出心中喜悦，轰轰烈烈把握不老年华。

最美书友会会长——小魔女水孩儿

第一次知道小魔女水孩儿是看到她为一个我熟悉的包头的画家写的画评。因为很了解这位画家，也曾为他拍过专题。可看了小魔女的文章却觉得她的画评入骨入心，真正勾勒出了画者的灵魂。

随即，读了她《梦里花开的日子》，《魔幻小狼窝》以及一些小随笔如《给老爸写日记》、《天边》等，看着家长里短在她指尖如潺潺小溪细细流泻，朴实细腻的情感像雾像雨又像风般的四处飘散，总有恬淡如水和暖意生春的感觉从心头泛起。

一直在想，她的光亮在哪呢？没有显赫的背景家世，没有貌美如花的艳丽，没有炫目的高学历，却因一本书结缘成立了最美书友会，何以就能为书友们找到这么好的一块思维的集散地和心灵的栖息地呢？那么多有能量、有份量、有力量的精英为书友会做顾问，聚集了那么多有思想、有知识、有阅历、爱读书、爱思考的人，何以短时间内最美书友会能如雨后的虹般在鹿城绽放着自己的光彩，进入公众的视线呢？

记得古人形容水有这样的字句：水之润下，无孔不入，火之炎上，无物不焚。水至柔则刚，但却利万物而不争。水孩儿如水，那么所有的这一切可能都源于水孩儿的至纯、至善、至真的本性吧。

不禁想起第一次和她邀约，就是因为好奇魔幻小狼窝，也因为我的老家也在唐山。见到她时，她穿着大红花被面般的裙子，完全没有某些知名作家的矜持和高深的模样。她做了满满一桌的饭菜，看上去就是一个原生态、溶入尘世间，又仿佛不太懂人间烟火的女子。

慢慢地知道她对数字的概念模糊，所以钱财与她就大概真成了身外之物了。所以她才会拿出一些珍贵的字画给书友当奖励。看到一批又一批的人到魔幻小狼窝做客吃饭，她不辞辛苦地亲自下厨，给大家炖鱼，做珍珠翡翠白玉汤，做麻辣烫。以己度人，面对一个个萍水相逢的人付出这样的辛劳和热情，我是作不到的。

还记得有次去吃饭，我怕老喝白酒会损伤她的身体，也为了和她一起寻觅女文青的感觉，特地拿了两瓶白葡萄，不料想我已喝到"醉后不知罗袖薄，牡丹花上月如霜"的境地，她却睁着亮亮的眼睛，一脸清醒地说：姐姐，我要喝白酒，这个酒喝了和没喝一样。

再一次去她家，因为书友会的活动出了些小意外，三五杯酒喝完后她居然醉了。在我的概念中，她一斤酒也不在话下呀。她躺在床上，叫我陪她说话，她泪流满面，喃喃地诉说着书友会一些让她不知所措的事儿，我只好告诉她，用心、尽心就够了，时间会改变一切。她突然抓住我的手说，姐姐，我没有姐姐，在我心里你就是我亲姐姐。一刹那间，我几乎凝噎……

扪心自问，我是个不愿被羁绊的人。体制内的工作和对家庭的责任已经填充了我很大的心灵空间，我再不愿自己的内心承担一点点额外的内容，我只想让心灵自由徜徉。我并没有帮她作过什么，大概最多的就是她烦恼时给她的一些宽解，她就视我如亲人。

大概人的成长和事物的发展都有个渐进的过程吧，从梦里花开到半亩花田，从一枝独秀到姹紫嫣红，书友会很多人都找到了自己的水云间，也经历了青葱、幽暗和满树的梨白桃粉。

那样一个明朗的早晨，我们相约一起去白河。躺在帐篷里，一起静静地听着风吹流水的声音，一起细细地看着云过晴川，一起喝着辣辣的白酒，一起看着蒙蒙的月色，一起憧憬着书友会的半亩花田，小魔女的眼睛在夜色中更像天上一眨一眨的星星了。她说，再过十年二十年不知我们书友会还有多少人？我告诉她，大浪淘沙，留下的都是亲人，到时候我们还一起到白河，喝酒、赛诗、看月亮、数星星。

盛装 等待春暖花开

春天总是能给人带来无尽的渴望。早春，花还未开，色还未艳，雁飞在天外，一如素净的女孩，清香恬淡，但却会让所有的期待都幻化在无尽的想象里。

经历了太多世事沧桑，人情冷暖，心仿佛也不再温热，生活的脚步也日渐倦怠。偶然间加入最美读书会却让人意外的找到喧嚣外的一处烟雨楼台。

记得书友会的第一次活动在小小的咖啡馆，之后越来越盛大，一次又一次心的遇见，一次又一次的心海波澜，让人留连驻足其中，是因为总有那么多美好让人感怀……

昨天的《最美的春天》诵读会无疑是一场精神的盛宴。

一切都那么精美，最美读书会！美的诵读，美的气质，还有诗书内蕴的素养在流淌和翻飞。

不再细说那飞扬的中国红，遥远的记忆，清风颂和塞北的春天，扯出我们多少豪迈和心的驿动，小提琴声的悠扬让烟雨浩浩江南婉约地归来。只说说书友们一点一滴的细节都是风中最美的姿态。

从进场时看到站立迎接书友的昂青，商裔和桃园，一种踏实、亲切就在内心升起。走进场内，一袭高贵富丽的牡丹吸引人们的目光。平素随意无羁的无痕，今天满满的仪式感，她的引领堪称最具中国特色又最具全球视野的吧？必要时她可以流利地讲英语。会长一袭红衣，稳重大气又轻灵如燕，知性中的一抹女儿红静静诠释着最美书友会的精神高度。看到寒幽月、竹君这两个平素笔走游龙、高品高产又用心服务书友的才子西服革履，就如看到古人建屋时的立柱，此时，觉得自己只是檐牙高啄伸展出的一道纹路。

诵读最吸引我视线的是雁子，一直在想，以她每天做小学班主任的琐碎，家有高考生的焦灼，怎么还有心境将一篇不短的散文倒背如流？她娇小的身躯蕴藏的是海的深厚和岩浆喷发般的火热和激情。彦青永远是美丽自己也照亮别人的女子，她请苏楠老师为大家指导诵读，悄悄提醒大家哪个细节还不够精细完整。

丽颖一直是我心中静静开着的百合，她轻盈优美地绽放，也总把书友会最美的姿态在第一时间呈现。豆哥，他入境的状态俨然是最专业的摄影师，他总能看到别人看不到的东西，他的阅历就折射在他照片的视角里。桃园，杨铭等等不一而足，太多的感动和美好如羽毛般轻拨我们的心……也一如春天的丝丝暖风。

走进书友会，我只想过要收获一杯水，可我看到了海的浩瀚，我只想撷一片红叶，可我看到了整个枫林和云彩。期待四月的桃花盛开，桃花源内，每一瓣花蕊的怒放都见证我们共同的激情和澎湃，期待另一场盛典的到来，我们共同融化在春天里诗书的花海。

在薄情的世界里深情地活着

——从《梦里花开的日子》说开去

记得三毛写过一本书，叫《梦里花落知多少》，却未想到水孩儿会把书名起做《梦里花开的日子》，而她真的把自己的生活经营得如梦如花。

水孩儿出生在河北农村，她家的隔壁住着一对老夫妻，80岁的太奶奶和90岁的太爷爷。慢慢的，水孩儿走进了他们的世界，这就是小说的第一手素材，作者带着故乡的情结写下最初的文字。

书中最打动我的人是太爷爷。笔墨不多，但一个善良、果敢、坚毅，有担当，有责任又隐忍的大男人形象跃然纸上，让人又敬又爱。

但更感慨的是水孩儿本人。26岁时，她装着卖小麦换来的500元钱，包里背着电视剧本《家长里短》，从故乡的小山村走出，只身闯北京，踏上寻梦之旅。她是幸运的，剧本卖出了，她也变得小有名气，鲜花、掌声纷至沓来，她开始专心编剧本，进入演艺圈。

当理想走进现实，总有阴霾遮着天空。一直在农村生活的她感觉人生被颠覆了，她无法适应那种灯红酒绿、夜夜笙歌的生活。也无法忍受生活中有许多的苍蝇和蛆，而这些浊物总想把最美好的东西变成一堆垃圾。

她时刻都记得，自己要做一滴冰清玉洁的纯净水，最终她选择了逃离那种没有养分的生活.

后来，一首《父亲的草原、母亲的河》催生了她对草原的梦想，她来到了内蒙。在这里，她遇到了懂他、疼她的"草原狼"昂青。他们一个写作，一个画画，不受名利之羁。他们走过了一个个自己动手、艰难打拼的日子，一直火热驿动的心始终牵引着他们奔向他们向往的生活和自由驰骋的状态。他俩做到了：愿你我带着最微薄的行李和最丰盛的自己在世间流浪，忽晴忽雨的江湖，愿你有梦为马，随处可栖。

读过水孩儿既接地气又诗意绵绵的生活，竟是和看完大冰《乖.摸摸头》一样的感触，就像大冰说的那样，不要那么孤独，请相信，这个世界上真的有人在过着你想要的生活。

水孩儿说喜欢琴棋书画，也放不下柴米油盐，还说书房和厨房是女人最好的修行场所，她愿意做天上的一袖云，自由自在地飘飞。

这是怎样一种化茧成蝶的蜕变呀！即便我们这些朝九晚五，稳步安闲的人偶有琴拨柳梢，茶煮溪桥的浪漫却仍有诸多的放不下，或有壮志未酬的缺憾，置身事外的不甘，或有高处不胜寒的落寂。

而水孩儿却用一转头的决然，挥挥袍袖不带走一片云彩的潇洒离开那所谓的能带给人更多荣耀和虚幻的名利场，回归到如今喂马劈柴，周游世界，面向大海，春暖花开诗意而又纯净的状态。

白开水般的生活在她的手下被调成了有味有色的鸡尾酒，

柴米油盐酱醋茶都幻化成了琴棋书画诗酒花。她做到了九万里悟道终归诗酒田园，成就了一个文人最雅意的生活。

在这薄情的世界里深情地活着，人生除了苟且，还有诗和远方，带着这些名言，让我们向水孩儿一样，向快乐出发！过自己向往的生活吧！

最美书友会副会长——土豆

土豆大概是个很颠覆的人，他的存在就是对很多人们传统的思维方式和行为方式的全面颠覆。

第一次见到他，是受魔女妹妹的邀请到魔幻小狼窝做客。那时书友会刚成立，我对魔女和小狼窝都充满了好奇。没想到在那里遇见了土豆。

之前曾听一个见多识广作总编的朋友对他很是推崇，说他是建筑工程师，事业有成后不再为钱所累，到处旅行。不仅是旅行家还是美食家，国家级赛车手，但这些我却颇不以为然，总觉得风光的背后不是沧桑就是肮脏。好像神一般的人物总是不接地气，有虚幻的蒸汽成分，让人不塌实。后来朋友说他还会调咖啡，专门从意大利买来咖啡机，自己调制。这点倒让我的好奇心膨胀，一向认为这么浪漫有品位的举动可能八零后会有，但从小食难裹腹，成长中缺少丰富文化浸润的六零后怎会有这样的情怀？

然不料，第一次的印象让人跌破眼镜，我最终认定这只是一个没文化的粗人而已。饭桌上，他言语不多，但却爆了几次粗口，甚至有想要饱打某人的用语。我怎么也无法将他与咖啡相连，后来才知道，原来是那天魔女在某一场合遭受了一些不公正待遇，才令土豆激愤失态。

　　但之后的几次活动，倒让我对土豆的印象有了些许的改观。他热心书友会的活动和一些公益活动，看他拍照时异常专注认真，拍出照片的角度和意境都是很专业的水准。

　　有人说，喜欢文化历史的人、心境平安欢愉的人、感情充沛的人多半喜欢旅行，喜欢尝试着生命在陌生之地驰骋的感觉。土豆就是个爱旅行的人，感觉他不停地行走在路上。

　　同时看到他一边旅行，一边写文章。他"三杯碰干黄河水，一掌拨开大青山"的诗句激荡起很多书友将进酒，杯莫停的豪情与豪气，他怀念父亲的文章湿润和催生了很多游子怀恋家乡、怀恋亲人的眼泪，他与小魔女惺惺相惜、肝胆相照并追逐梦想种下的半亩花田让许多书友在刻板和无趣的生活中起了褶皱的心得到舒张和慰籍。然而我依旧忍受不了他的奇谈怪论和有时行事的乖张，以至于老是憋不住和他在群内唇枪舌剑地争执。有一次我依据史书的评价说了项羽妇人之仁，匹夫之勇，他立即气愤地抨击刘邦是流氓，就好象我是刘邦，他是项羽，我夺了他家的江山。哎，常常让我有秀才遇见兵的无力感。

　　大概我受传统教育的教化极深，对他质疑一切，挑战一切的样子有本能的抵触。记得他有一次在群内严厉指责一个年轻的女孩的一点貌似不当的小行为，我气不过，私下小窗与他辩论，觉得他对年轻人不宽容，太苛刻，我们两不相让，不欢而散。我气的心里大骂这人枉有一身本事，但教养缺失。但之后不久的书友见面会上，意外的见他与女孩坐在一起，，他黑黑的面孔憨憨的，一贯无表情的脸上不时泛起微笑，一副亦父亦兄的样子。

　　土豆爱徒步，爱攀岩，据说有次攀岩时由于绳子长度不够，他几乎垂直悬吊在岩石边不上不下的两个多小时。当时朋友们都觉得他没救了，可挣扎了一段时间，不知怎的他却有如神助般地窜上了岩顶。他爱旅行，无论非洲的珍稀动物，甲桂林的阳朔山水，神奇的巴马长寿村，他眼光所致往往是别人目光之所不及。通过一张张带着语言和感情的照片带给朝九晚五的书友们一个更广袤的世界。前不久，他去云南，独自徒步尼汝到亚丁。这是一条奇险异常，满是悬崖峭壁之路，鲜有人尝试。据说那一路是身体的炼狱，眼睛的天堂。他只带上了压缩饼干和水上路，山里没信号，书友们都牵挂着他的安全，他只是在遇到藏民时发一些照片和信息到群里。什么十几天在帐篷里衣服都是湿的，雨衣没用，汗比雨水还多，帐篷里里外外都是水。书友问晚上冷不冷，他说晚上动物就围着帐篷转圈，闻味道，呼吸的声音扑扑响，哪会冷呢？问他怕不怕？他回答，动物不伤人。一切苦难和危险都在他的笑谈中。他发回那么多让人瞳孔放大的照片，却在无意识中说高反眼睛都疼。

　　大冰说要带着最简单的行囊和最丰盛的心在世间流浪。土豆说：心灵需要大自然的沐浴滋养，世界这么大要只争朝夕地看看。他如独行侠般游走四方，旅行带给了他广阔的视野和与众不同的生命感知。所以他动如万马奔腾、百鸟争鸣潺潺流水，静似一汪止水无风明湖直直炊烟。在非洲时，他兴之所至穿上草裙围着篝火跳舞，在最近的距离与动物对峙，他喜欢最天然、最原始的状态。他说石头、泥土就是最好的玩具，他就想当一只野生的兔子，每天蹦蹦跳跳地生活。他有过人的睿智，也有着孩子般的顽皮。他有真性情，也有坏脾气。他带着一颗佛陀般大彻大悟的心却仍如悟空般在世间修行，所以生活的各个角度都能让他感受到阳光的温暖。

突然意识到，其实，成功只有一种，就是按自己喜欢的方式度过一生。可我们可能一直都沉于各种各样的苑宥，或钱财名利，或只是责任，就如温水煮青蛙般风干了自己日渐枯朽的内心。从没有冲破樊篱出去，问问自己真正的心之所在？更因为被格式化的生活而丧失了各种探询的勇气。

土豆还喜欢穿沙和赛车，也有过数次翻车坠落死里逃生的经历。包括徒步无人区遇到危险，他说他甚至有些迷恋这种极致的挑战和考验的感觉。

奇迹都是疯子和傻子创造的，土豆就是屡屡创造奇迹的人。虽然我依旧会在群里和土豆因不同观点死嗑到底，但我不得不承认他身上有极具生命张力和能量的东西，在影响、渗透冲击着我们。知者不惑，仁者无忧，勇者不惧在他身上得到极好的诠释。

他是最简单的多面体，又是最矛盾的统一体，也是最复杂的透明体，总之他是个颠覆的怪物。而他自己说，他就是一锅杂碎，好吃的就那么两样。

从一些文艺作品说开去

都说秋风秋雨惹秋思，撑着伞走在细密绵长的雨中，思绪亦如雨丝…

年少时看《上海滩》，不关心那些江湖纠葛、打打杀杀。印在心头的桥段是天上飘着雪，程程穿着淡米色的旗袍，发髻上扎着同色的蝴蝶花，寂寥地走在无人的街上，文强从后面撑着伞追过来，两人深情对视，前嫌尽释。虽说年少不知愁滋味，但毕竟少女的情怀容易被剧情揪扯，每天跟着程程的爱恨情仇，过了一段眼泪比笑容多的日子。最终程程和文强生死两茫茫让人唏嘘不已。

成年后看陈数和黄觉演绎的《倾国倾城》，陈数的一袭袭旗袍并不华美，但将流苏的美诠释得淋漓尽致。乱世中，他们间高手斗法般的相处最终在香港的沦陷中修成正果总算给人几许安慰。

这两部剧也算风靡一时，惹无数多情男女尽抛泪。女主角都是美、慧、贤不失端庄，男主角是帅、智、勇不少体贴，但成年后细想总觉得缺了些让人反复咀嚼和回味的东西。不禁和后来观看的国外的一些作品做比较，记得看俄罗斯诗人涅克拉索夫描写十二月党人的妻子的长篇叙事诗《俄罗斯女人》，曾让我热泪横流。她们大都是美丽、优雅、有知识、出身名门望族的贵族小姐，从彼得堡踩着泥泞的道路用了几乎一年的时间，走到寒冷的西伯利亚，去陪伴自己被流放的丈夫的。还记得看过一部电影《勇敢的心》，这是一部悲壮的、融合血泪传奇的史诗巨片，描写苏格兰人民追求自由之路，是在刀光剑影中的残酷征战中完成的。男主人公既有博大的济世情怀，又有荡气回肠的铁血柔情，他不屈服于威逼利诱，最终以牺牲生命的代价换来了人民争取自由的勇气。再看另一部《乱世佳人》，也是置于战争的大背景下，片中男女主角也不过是俗世儿女，虽感觉白瑞德和范柳原有诸多的相似点，但站在女人的角度总觉得白瑞德更可爱些。尽管他做事的手法有卑劣之处，但他面对心爱的女人不耍手段，毫无算计，在她需要的时候可以义无反顾地帮助、照顾她。而且他从不欺负弱小。拿他和范柳原、许文强做对比，就感觉到后者的狭隘、自私和小气。

　　也在困惑，为什么我们的影视剧拍不出那种既有英雄气概又儿女情长的人呢？或者虽缺点明显但个性鲜明的人呢？难道是我们的民族缺少这样的人吗？至少我觉得林觉民是个典型吧？还有"我自横刀向天笑、去留肝胆两昆仑"，为戊戌变法自愿牺牲，以期唤醒人心的谭嗣同；不畏强权，寄情山水的"竹林七贤"等。可为什么我们从影视作品中看不到让我们始终萦绕于怀的人物形象呢？我们现在的时代也见不到让女人为之倾心、愿意为他牺牲的英雄了呢？

　　仔细想想，我们这个时代不乏能人、强人，但缺少的是敢于牺牲个人利益为大众谋取福利的人，缺少用高超的品行影响他人的人，缺少那种真正的贵族。从这个意义上讲，这是时代的悲哀，更是人性被物质所奴役的悲哀，是男性的悲哀，也是女性的悲哀。

最美书友会才子寒幽月

　　去年冬天的一缕阳光让满地的寒雪如花般绽放。书的香氛和腾讯缔造的连接让所有同频的人找到共同的天空。初识寒幽月是在最美书友会的微信群中。他的微信头像，长髻绾发，凤眸星目，头顶上一泓幽幽寒月，一副我心仪爱慕的古代翩翩佳公子形象。

　　我们素无交往，只是因他的文章，他在群内的言论将他定格。

　　或许我们是同一类人，向往自由，内心不羁，但会忠守自己的责任。看到他流淌着美丽与哀愁的文字，看到他有似承包了半亩花田般的产量，惊讶于他的跳跃和奇巧，速度与激情。

　　看到他这样的诗句，前一生我佛前扫叶，扫落无数凡尘。夜夜独坐莲台，看一豆青灯燃落星辰。让人读出了仓央嘉措。一朝一夕一风月，一哭一笑一醉言，一生一世一场梦，一梦一醒一百年，让人读出了纳兰容若。游荡的脚步踏落夕阳，漂泊的心布满月光，街灯次第亮起，车水马龙中我把影子拉的很长很长。让人看到了他在烟火红尘处最深的叹息。而他应该是常于夜深人静时站在天宇的最高处俯瞰人间的悲愁欢喜吧。

　　在群内聊天他机敏、率性、活泼，书友会见到他本人低调、内敛、平和，我形容他是檐牙高啄的古建筑内最宏大的立柱，在华丽之外留给人最深的记忆反倒是稳重与踏实。幽月参加活动的时候并不多，但他写文章出手快，数量多。一片片从心流泻的字句确如醇甜美酒，流香四溢。无论是群内同题诗文，还是他自己的灵魂又飘飞到远方的旷野。还有那写给国家、故乡、父亲、妻子、孩子的散文，有凝重、深邃地思考，有凛然、浩荡的正气，有拳拳之心也有眷眷深情。书友会顾问一丁老师评价说：你做人满满的正气，你做事满满的责任，你做诗满满的激情，我一般不赞扬谁，但把钦佩送给你。

幽月是中国好孩子的代表，上学时刻苦认真，工作时兢兢业业。他一直谨慎而安心地行走。他当过小学校长，又从教育系统转战政府机关。他厌倦带着面具，陪着小心，忙于应付的生活。他用读书在自己心灵的桃花源内开荒垦地，他用笔播种自己盛大的水云间。

缪斯的神明常常激荡、搅乱他潮湿的内心，但儒家文化的浸染却让他正直、务实、守礼，克制。他会在群内兴趣盎然时匆忙中断谈兴，急急地跑回家做饭，他会在无尽的遐想中、杯盏的交错中和思想的共鸣中找寻灵感，他左眼成佛，右眼化魔睁开阖间把自己反复超脱。他写给妻子：生，执子之手走落夕阳。死，与尔化莲并蒂而生。

幽月说：他愿将自己的灵魂如风筝般放飞，线这端是渺小如尘的他入世在纷繁的红尘中，线那端是自由率真的思想出世在浩瀚无垠的宇宙里。

想借用扎西拉姆多多的《少年少年》对幽月说：你要坚强地留在岁月的岸上，那些沉重的、流离的和虚妄的都让我们去经历吧。而你，只需要穿着你的一身白衣，让阳光照你，你要明媚地笑着，等我们满身风尘地回来认取。

静水流深

　　时光倏忽，曾经的疏影暗香都随四季风干在无涯的岁月里。喜欢看高高的古城墙，喜欢高墙下的静水流深。繁华落尽，静观沉浮，笑对枯荣。在生命的守望中别有一份豁达和从容。

有关唐山的记忆

今天距离唐山大地震整整过去四十年了，往事历历依稀就在眼前。成年后纵然万水千山走遍，挥之不去的依旧是故乡的山川。"渤海三千里，浪沙几万重。大漠沙如雪，燕山月似钩。"古代大诗人的描摹给南临渤海、北依燕山的唐山市平添了几分胆色和豪气。

记忆中的故乡是一篓篓铁甲长戈、肉肥膏红的螃蟹。苏轼"不到庐山辜负目、不食螃蟹辜负腹"说出了我们吃货的心声。四岁前一直在姥姥家长大的我备受舅舅们疼爱，只要我回到故乡，舅舅们就会想方设法把各种能搜集到的美食送回家来。拿回最多的就是螃蟹。大概我六岁那年，大舅背回整整一大袋子的螃蟹。记得我那充满白菜土豆玉米面的肚子乍见如此美食，立即咕咕咕地响起来。姥姥用一口大锅开始蒸煮时，我不停地窥望，等到美味上桌，我一口气吃了好几只，似乎当时的味蕾已无法分辨感觉，吃到后来两腮是麻木的状态。直到母亲怕我撑坏，把我拽下桌来。十八岁高考前夕，情绪紧张的我突然想吃螃蟹，仿佛吃上它我内心才能平静。在那个计划经济的年代，父母跑了一下午，才在一个副食店里找到一瓶螃蟹罐头，打开食用，干瘪的仿佛就是一副风干的躯壳。我问了问价格，想了想父母一下午的奔波，咬着牙吃了几口。

成年后，大吃美食是我开朗心情的良方之一。特别几年前，一到菊黄蟹肥时节，我就大快朵颐一番，但好似朱元璋当皇帝后再吃珍珠翡翠白玉汤一般，再也没有吃出当年的味道和心情。

记忆中的故乡还是一湾欢快的河水、知了的鸣叫和葡萄架的枝蔓摇曳出的青翠构成的舒爽画卷。姥姥家门前有条河，大人们在那儿淘米、洗衣，孩子们在里面游泳、嬉戏，时光静好，日子恬淡。

时间停滞在 1976 年 7 月 28 日，一道蓝光闪过之后，所有的美丽不复存在。记得大地震刚过，或许是地质变化和污染，井里的水突然变得很黑，无法饮用。姥姥就是用放在院子里的小煤油炉给我们蒸馏过滤小河水，熬米粥度过了最初艰难的两天。

回首过往，姥姥是个大字不识的农村妇女，她以二八年华肯嫁给姥爷做填房大概就是因为姥爷家虽家道中落，但也算书香门第。姥爷只是开滦煤矿的小职员，但他踏实勤勉，会英语，写一手方正的小楷。母亲、姨、舅们如今都感念虽大字不识但远见卓识的姥姥是何等地坚韧供养他们八个子女上学，儿子供到大学、女儿们上中师和护校。后来他们或事业有成，或有一份体面的工作，姥姥居功至伟。那时，姥爷微薄的薪水上要赡养多病的老人，下要供养八个子女，姥姥照顾孩子的同时还要种地，打短工、养猪等补贴家用。母亲说，在她的记忆中，晚上一觉醒来，不是看见姥姥在灯下补衣服，就是听见家里蜜蜂牌缝纫机滴滴答答响个不停，靠码裤边挣些钱。姥姥还在 1972 年拿出她一生中不多的积蓄翻盖地处丰南县的已有百年历史的老宅。总在揣测，姥姥执意翻盖老宅莫非是冥冥中有什么预感，还是她心里希望她的儿孙们都能永远和美地住在一起呢。

地震时，那三间坚固耐用的房子仁立不倒，救了一家老小七口人的性命。我和妹妹当时都随放暑假探亲的母亲待在姥姥家，那晚经历了地震、余震的肆虐后，四下一望，一马平川，哀嚎声不绝于耳成为我们年少时最心痛的记忆。惊魂难定的我们滞留了一个多月，才辗转经天津返回包头，那时家乡的记忆就是一片狼藉和孤烟几缕。

时光悄然从指缝溜走，指针转到 1998 年，昔日捣乱小毛头，早已长大成人。那一年，我出差重回故里，看见一座新城仁立。自小就疼爱我的舅舅们或著书立说或为官、或经商，一如对小时候的我，大舅给我送书，二舅送我稀罕的宝贝，三舅开车带我到处转。地震后分给姥爷的三室新宅离凤凰公园不远，那座公园内历经几代亭台楼阁的凤凰山栉风沐雨，凝望着故乡的每一个奇迹和每一声叹息，故乡也仿佛是凤凰涅槃般从废墟上站立，重新绽放她的美丽。

之后，我结婚、生子，埋头于自己的小天地，故乡几乎淡出我的记忆。可日渐年高的父母亲大概是云闲望出岫、叶落喜归根。父亲是随爷爷支边来到包头，好在父系一族几乎都在呼包二市。但母系一族，几个姨都嫁到外地，舅舅们都在唐山，姥姥姥爷也长眠在那里的土地，母亲对故乡的思念随着岁月流逝而不断加重。

幸好定居在北京的妹妹也难忘小时候贫穷记忆中姥姥姥爷给她的一个个粉红色的温暖。记忆中那里有姥姥蹬着颤巍巍的小脚早早起来给她小火慢熬的一锅小米红枣粥，有姥爷辗转好几个集市给她买来的裁裙子的一块小绸布，有舅舅们带她看的一场场电影，还有奶糖"大白兔"……

半月前在母亲不断念叨家乡的呓语中，妹妹终于放下案牍之劳，带着老爸老妈驱车故地重游，以慰他们思乡之情。

随后，接到老妈的电话，喋喋不休地向我讲述家乡之变。在她的述说中，唐山有大城市的雄浑气魄而无大城市的混乱拥堵，有江南的婉约细腻但不失内在骨胳奇丽，有北方的宽阔奔放但文化脉络清晰。她说想卖掉包头的房子，回唐山定居。我问她，唐山不是污染挺重吗？她居然说，那么青山绿水的，能污染到哪去？或许借世园会之机真的使唐山完成着由重工业之城向新兴旅游之城的美丽嬗变。

故乡，你让我梦牵……何时见你月圆？

姥　姥

　　姥姥在我的记忆中一直是一座大山，她可以为我们抵挡来自各个方向的风霜雨雪。在大人的口中她精明干练，强势并独断专行，似乎少有柔情，但在我心中她既坚韧又慈善支撑着一大家子，在我成年后便清晰地梳理出姥姥这一生心理的脉络。

　　她19岁做填房嫁给姥爷，在那个时代，晚嫁的原因就是她坚定地要嫁个"读书人"。姥爷家算是书香门第，但到太姥爷这一辈已败落，但读书人的习惯和气度仍在。姥爷与前妻育有一女，姥姥嫁给姥爷后共育十个儿女，活了七个，所以共有三儿五女。

　　姥姥家住在河北丰南县胥各庄，母亲中师毕业后分配到镇里的学校，后嫁给父亲，来到包头。这八个子女中，大姨对学习无兴趣，二姨体弱早嫁，小姨和小舅赶上文革，剩下四姊妹兄弟或上大学，大专，中师都脱离了面朝黄土背朝天的生活，改变了自己的命运。想想当时姥爷一人在开滦煤矿工作，干着相当于小文书一职，薪水并不高，上要供养老人，下要面对一群儿女，真是一吃吃一锅，一睡睡一炕，生活的窘迫可想而知。

　　母亲说她们姐妹早早地在母亲的带领下学会各种女红，操持家用。最困难时，大的带小的打猪草，挖野菜，拾柴火，还不误读书。日子虽清贫，但一家人大让小，小敬老，和和美美。姥姥日夜操劳，除种地还替人作鞋，补贴家用。总在想她一个农村老太太，怎会有如此见识，自己再千难万难，咬碎牙齿也要供孩子们上学。特别二舅后来有机会到石家庄进修，舅母工作也正要劲儿，照应两个年幼孩子有困难，姥姥为支持舅舅上学，拖着病体还毅然挑起了这副重担。

说起来我的命都是姥姥给的，那时母亲因营养不良七个月就生下我，当时看到的人都觉得这个孩子活不了。年轻的母亲更是手足无措。姥姥性格中坚韧的一面这时表现得淋漓尽致，她千方百计找来鸡蛋，每天给我熬米汤，把体重三斤多，宛若大耗子般的我暖在她的肚子上，终于把我养活了。

姥姥的坚韧和远见卓识是我们后来慢慢领悟出的，记得唐山大地震时，正值暑假，母亲带我和妹妹回去。当时三姨、大舅的孩子都住在姥姥家，几个年幼的孩子，两个老人和母亲我们七口人在大地震后渡过了最战战兢兢的黎明。

原来院前院后满地的花香硕果一夜之间被地震摧枯拉朽般地一扫而空，在我们童年的心中打下深刻的烙印。而我们大难不死也全归功于明智的姥姥。是她倾尽一生积蓄外加举债盖的这三间砖房，居然扛住了近八级的大地震，除了四周房角有砖要抽出的样子，姥姥家整个房子屹立不倒，保住了我们一家老小七人的性命。

另外听母亲说，地震刚过，姥爷一声大喊，姥姥立即抓起炕上两个一个三岁一个四岁的妹妹，慌乱中还不忘叮嘱母亲拿上被子，就这样，我童稚的记忆中依稀记得震后的凌晨，天只微微擦亮，四望却是一马平川，在一片嚎哭声和小雨中，我们把被子铺在菜地上，用撕扯下的单子盖住头，渡过了充满寒冷和恐惧的三个多小时。天一亮，姥姥就拔拉出大米，用院中的小煤油炉为我们煮粥，没见她一丝慌乱。可我现在明白，她内心不知忍受何等的煎熬，惦念着她散居在唐山市及周边的四个儿女。

姥爷善良懦弱不爱担事，所以一有出头露脸的事都由姥姥出头，养成了姥姥持家时泼辣利落严厉的风格，但她对邻里倾其所有，热忱相帮，对小辈疼爱有加，精心呵护。她常对孩子们说，做事宽敞点。后来我三个舅舅或为官，或经商，或做学问，都各有所成并为人宽厚同时禀承良好的家风和家教，以致后来小辈也蒸蒸日上，姥姥的确居功甚伟。

特别记得我上大学暑期回去看她，身上起个小包不慎感染，做个小手术后卧床，姥姥当时也患病卧床。记得她躺在床上每天给小舅和母亲安排菜谱，做好的饭她趴在床上还一筷子一筷子给我夹，就为了让我快点康复别耽误功课。在她心中除了好的家教就是万般皆下品，唯有读书高。

后来毕业工作，忙碌结婚，还没来得及看她一看，她老人家就离开了，每思至此，追悔莫及。我知道她老人家不会怪我，但我仍为自己年轻时的不谙世事，懵懵懂懂向她叩头，并努力好好地生活，让她在天堂可以含笑。

漠上丹霞飞

有韧有仁，大家闺秀犹在

花开花落，金枝玉叶不败

这两句话，用在郑少如老师身上恰如其分。走进郑老师的大漠文化艺术中心，最先看到的是她新近写的《高筑爱巢》的手稿："三月，是万物发情的季节，树梢儿渐渐绿了起来，花朵有了含羞的花苞，鸟儿叽叽喳喳的成群成群结伴儿来，唱着春天的情歌，听不懂但让你春心萌动"……这一派少女的情怀，犹如清浅的樱花，纷飞飘摇落了满身，又如冰封的雪域突然绽放出的绿意，让你难以相信这段文字出自八十岁的郑先生之手。

初识郑老师是在一次聚会上，当时大家云集，精英荟萃，但郑老师一首自创诗的诵读语惊四座，气势如虹，至今久久难忘。临走时对我们几个籍籍无名的小辈说，要想看书就来取。于是有了这个阳光明媚的早晨。

她送我们每人一套书，并郑重地签上名字，惊讶于老师的全能，因文卷中有散文、小说、杂文、诗歌和论文。

看到她桌上新创作完手稿的一丝不乱，吃饭时简淡精致的妆容，高高挽起的发髻，细节处读出了先生满满的仪式感。

带着好奇，我们又走进郑老师的家。纱蔓璎珞的少女般的闺房，一边是遒劲的墨迹昂扬，一边是窗边翠幕陪伴的芬芳。

那种不急不躁，不温不火，款步有声，舒缓有序，一弯浅笑，万千深情，一种淡到极致的美。她于时光深处，静看花开花谢，漫随云卷云舒，虽历尽沧桑，却坚若蒲苇，又温润如玉。

郑老师出生于 1937 年，祖籍北京，父亲满族，母亲蒙族，祖上据说是恭亲王一支，后来随父母来到内蒙。

她的童年是金色的，自小才华横溢，阳光又活泼，一路都是在紫红色的追光和鲜花掌声中走过。

1957 年．郑老师被分配到固阳农业局工作，在她眼里，这里广阔的天地犹如毕加索的油画。百灵鸟一路唱着歌儿，漫山遍野都是山药、蔓菁。诗样的日子，激发着她的才思。

她一手抓科学、一手抓文学，白天研究小麦杂交，晚上灯下读着雪莱和托尔斯泰。就在她踌躇满志，才华喷涌的花样年华里，梦魇一般的一段生活开始了。

1966 年，因为家庭出身，她戴遍了各种帽子，什么黑帮、黑五类、现行反革命。上千人的大会上，她被批斗，带着手铐上街游行，在监狱里，她被整的千疮百孔。被放出来时，是被担架抬着去北京看的病。

困境中，温暖她的是乡亲们对她的爱护和关怀。大娘夜里偷偷跑来帮她洗尿布、做饭，安慰她，别想不开，会过去的。大爷信任她，半夜提着马灯让她帮着治虫。乡亲们有帮她做鞋的，也有帮她打狗的，在这块土地上，她切实懂得了生活。

生活的阡陌中，没有人改变得了纵横交错的曾经，只是在渐行渐远的回望里，那些痛过的、哭过的、累过的、苦过的都演绎成了坚强；那些过眼云烟的、不忍遗忘的、念念不忘的都风干成了记忆。

　　1997 年，郑少如退而不休，成立了大漠文化艺术中心。荟萃文化艺术界名人，出杂志、搞画展、办笔会、拍专题，将包头的文化触角向纵深延展。2003 年，她又成立西口文化研究会，出版西口文化双月刊，诠释中原农耕文明和北边游牧民族碰撞迸发的热流，编织晋蒙陕甘宁文化网络，将西口文化推至更高的峰顶。

　　她精彩地活过每一天，把每一天都走成如歌的行板。再多的语言与她都是苍白，她活成了一道风景，亦成就了一个传奇。弄斧偏到班门，写一首诗送给先生：

　　　　霜冷枝寒俏然立，
　　　　耄耋之年赤子心。
　　　　寒山苍翠秋水长，
　　　　漠上孤烟丹霞飞。

草原的眼睛

——写给摄影家格日乐

（一）

草原是彩色的，湛蓝如洗的天空飘着朵朵白云，羊群像一把珍珠洒在绿色的绒毛毯上。

在摄影家格日乐眼中，草原就是天与地之间的渲染，是天然的大画布，或浓或淡，它风中的姿态总律动着别样的美，如歌如舞。

格日乐常常行走在一望无垠的草原上，这时，她的心变得如草原般广阔，心里像有一万匹骏马纵横跃过。

有人说，她是草原的女儿，有人说她是草原的雄鹰，而她应该是草原上的精灵吧？她朝而往、暮而归，与草原共舞，在光和影的世界里让草原流溢出大写意般的雄浑和洒脱。

格日乐对摄影的挚爱是疯狂又执着的，她常常开着越野车冲到草原的最深处，蒙古汉子马背上纵情驰骋的豪情，密林深处的一汪清泉，草原上袅袅的炊烟，夜晚眨着眼睛的星星在她的镜头下都被涂上一片迷人的釉彩。她常说，一个人至少拥有一个梦想，有一个理由让自己去坚强。所以她会扛着几十斤重的摄影器材独自穿梭在霞光与黄昏间，触摸每一处震撼她内心的存在．她那时常常有时不我待，只争朝夕的紧迫感，仿佛一扬手间就会浪费掉太多的华年．

起初，她迷恋于行走的力量，她知道如何将生活中的平淡无奇转化为滋养自己的沃土，她说，我们不仅用相机拍照，我们带到摄影中的是我们读过的书，看过的电影和听过的音乐，摄影最终较量的不是技术而是文化．所以她拼命地读书，在各处游走，用力的在镜头中找寻视觉的浓烈和冲击力，让磅礴大气和淋漓尽致成为她摄影的主题意蕴．如果只看她的摄影作品，大概百分之百九十以上的人都会认定这些作品出自男性摄影者之手。

（二）

她的改变源于持续的发力让她感觉到了内心喷涌后的虚空，她需要一种新的元素来激活和填充．她开始寻觅智慧之光和心中的圣地。偶然间机缘巧合，她来到拉卜愣寺拍摄第八世洞阔尔活佛，她说，这是一次感恩的灵性的际遇．

活佛淳朴谦和的天性让她的内心充盈平静，活佛阳光智慧的笑容是启发灵性的甘露。活佛说，不要让心蒙尘，福从做中得欢喜，慧从善解得自在。自此，格日乐放慢了脚步，她知道摄影是离心最近的地方，让自己静下来、停下来、慢下来，这样才能听到心灵的声音。宁静就是对心的梳理，让它井然有序，宁静的内心能产生一种柔韧的力量。

题材比技术重要，气息比题材重要，格日乐从关注心灵开始来寻找气息。这时她的作品大多弥漫出一种温情的人文气息，草原上挤奶的额吉，孩子们欢快的眼神，她的照片不再仅仅是镜头的产物，而升华为内心的告白，如季节中的秋，是一种沉寂的浪漫和无声的燃烧。

她既在婆娑的世界里寻找心灵的净土，也在自我的空间里恣意地起舞。她说当你的心有一个安住的地方了，周围的世界就会为你绽放出一种你平时感受不到的诗意的状态。

大自然的翻云覆雨有时就是对摄影意境最好的诠释，因此她时而在伊敏河畔温柔的夏夜轻嗅红梅清香的花蕊，时而在挪威茂密的森林中观赏疏影映月。她沉醉在贝加尔湖畔光与影的变换，也迷失在玉龙雪山云蒸霞蔚时的奇幻。这时不是澎湃的激情侵袭她，而是内心汩汩而出了一汪清甜的山泉在浸润她。这种平静中产生的柔韧的力量让她的作品有了从容而持久的内蕴。

（三）

格日乐既有大男人的气概，又有小女人的情怀，宛若一首豪放又不失婉约的清词。她说做那些与自己内心亲近的事情时，自己会变得积极而温暖。她会一边做饭，一边大声唱着草原歌曲，一首《套马杆》她唱的奔放不羁，一首《天边》她唱得荡气回肠。她买衣服同样的款式会买颜色不一样的两件，她说这样既省时间，又能找到不一样的感觉。

格日乐翻译成汉文就是光亮、光线、灿烂的意思，所以她说只要内心有光，我们都会随心自在，随喜而行，这时她的世界也充满了色彩与明媚。

她看画展、雕塑展、听音乐会，她信奉一切的艺术都是相连的，会给她摄影时以灵性地触动。

她现在的作品既仰望生命的高度，又寻求作品的温度，它有大地的雄浑宽广，也有火山的烈焰喷烧，它有天空的澄净高远，也有大海的包纳四方。它有人的平安喜乐，也有人的落寞惆怅。她最喜欢的就是在自然、原生状态下天人合一的境界。

格日乐厌恶商业对艺术的侵袭，讨厌各种摆拍。大概一个能将摄影艺术做到极致的人，都身怀一颗这样的赤子之心吧。

她说，人的一生，财富会消失，地位会反复，从平凡的生活中获取滋养幸福的能力，才是一生中最重要的功课。

如今，格日乐的作品从草原传向了全国、香港、欧洲等地，她就像草原上明亮的眼睛，用自己细腻、独到的解读将草原的美投射到更遥远的天际。

我的舅舅们

因为自小在姥姥家长大，我对几位舅舅感情颇深。而他们确实因为姥姥的持家有方，家风淳朴，都成长为我心中的大树，既能遮风挡雨，又能播撒阴凉。

大舅是《唐山劳动日报》记者部主任。在我的记忆中他似大侠般豪爽、仗义，喜欢饮酒。上学时只要暑假回老家，他都带上我一起去采访。大概我一直将记者这个职业视为理想并得以实现，大舅潜移默化的作用是毋庸置疑的。他另一个神奇的地方就是仿佛总能猜透我的心思似的。小时候回去，他把我带到商场，执意为我买了一件粉红色泡泡纱的连衣裙。当时那样一件裙子就是一个小姑娘最大的幸福和梦想。那时父母工资低，我虽然一直憧憬买一件漂亮的连衣裙，但始终没向妈妈提起过，大舅为我买时，我也是百般推脱，不舍得让他破费，但他不由分说，为我买了下来。

十八岁那年，高考前夕，不知为什么我突然想吃螃蟹，仿佛吃不上考试就会失去灵感似的。爸爸妈妈转了几家市场，为我买回了一瓶螃蟹罐头，那几乎没肉只是由螃蟹腿组成的罐头差点让我晕倒，只是问了问价钱，才没舍得吐掉。高考一结束，我踏破樊笼飞彩凤般立即冲到了老家—唐山，渤海湾里鲜活的鱼虾、螃蟹和故乡浓浓的亲情召唤着我。记得刚回去那天，大舅买了满满一篓螃蟹，个个活蹦烂跳的，一不小心就爬了满地。姥姥用蒸锅把他们变成桌上美食，一口气吃了六个螃蟹的我终于填补了多年来身在北方对螃蟹漫长的思绪。

随后几天，大舅变着花样的买回各种海鲜。他还买了皮皮虾放在锅里煮，不知他放了什么配料，只记得我不顾矜持地吃了多半锅，那次的记忆刷新了之前我对螃蟹的眷恋，而之后近三十年，我的味蕾再也没有享受过超越那次的刺激。

二舅是饱受儒家文化影响的官员，敬业、克制、守礼。看到他我的脑海中总是跳出那句话："诸葛一生唯谨慎"。他带给我最深的记忆就是我五六岁时有一天吵吵着要去看电影，记得他领我到了电影院开始掏兜儿，上下几个口袋挨个翻着，没找到钱，又找了一遍，才摸出皱皱巴巴的一角钱，买了两张票。小时候，他总是让我骑在他肩上，帮我洗衣服，从未嫌弃过我这小屁孩儿。

三舅做过采购，当过经理。记得大学放假我回唐山作了个小手术，为了让我快些康复，三舅每天都新鲜蔬菜、活鱼活虾的买一大堆。特别 2010 年母亲查出患有恶性肿瘤，需要做手术，放化疗，我和妹妹一下都蒙了。幸亏三舅来到北京，陪我们姐妹渡过了那一段最艰难的岁月。他给母亲做饭、送饭、帮母亲做腿部按摩，宽慰母亲的心，也增强了我们姐妹直面母亲病魔的信心和勇气。

三个舅舅都很敬重和心疼母亲，那份血浓于水的亲情也深深地影响着我们下一代向他们那样相互理解、相互帮助，相扶相携的在一起。

北京——让人欢喜让人忧

每个城市都有它不同的精神长相和精神气质。

很小的时候去北京，最深的记忆就是故宫。记得那雕栏玉砌、檐牙高啄的房子，记得红墙青瓦散发出岁月悠长的气息。还有半天走不到头的、描龙走凤的长廊，书写了太多陈年的旧事。记得揣着满满的好奇心踮起脚尖，伸长脖子从落了锁的门外观看龙床的样子，还有床上摊开的一床的珠帘玉翠。

成年后喜欢日暮时的紫禁城。护城河是静水流深的一种寂静，高高的城墙凛然的将你拒之门外，树上的色彩斑斓会给你一丝不经意的暖，像一个高贵冷艳浑身镐素的女子却披着一条华纱让人揣着一颗战战兢兢的心却忍不住地想顶礼膜拜。都说北京是王爷府，上海是后花园，高度认同这种评价。在后海那随便一转，每一块青石、每一片落叶仿佛都有深邃的故事。王者之气的背后是隐藏的霸气，连那么端庄、典雅的北京女孩都似乎沦为一种点缀，全然不像上海女人们总能翻云覆雨，颠倒乾坤般尽情展示魅惑之美。它是政治、经济、文化的中心，名至实归。

在这里身家不菲的巨贾也不敢造次，或许街上一个看似不起眼的蹬自行车的走进办公室里小指一翘，可能瞬间就让你不名一文。坐在出租车上，司机跟你天南地北的神聊，从世界局

势到经济走势，从楼市股市侃到特色小吃，特大盛事时还时不时地冒出几句英语。welcome in beijing

揣摩一下认识的几位祖上在北京居住的人，都带着一种见多识广的厚重和那种浸润在骨子里的风雅。看过九岁小外甥学校的一场朗诵会，一会是古风古意的《将进酒》、一会是慷慨激昂的《我是中国人》、一会是全英文的诵读，二年级的孩子们抑扬顿挫，字正腔圆，一股方正之气贯穿其中，水准之高让人难以置信，而这仅仅是一所新成立的小学。

不久前，学校成立了管乐队，辅导老师来自爱乐乐团，孩子们要观察一下植物的生长去的是中科院植物研究所。第二课堂分组讲述时，参加点评的是植物学家。

随便找个三甲医院看看，都是三步一硕士、五步一博士的。几天前听朋友说，看病挂号并非像传说的那样，她在网上提前预约专家号，基本都约上了。不似一般小城市，办芝麻大的小事都要托关系，走人情。大概源于医疗、教育优势资源的高度集中和个体价值实现的平台较为宽广，所以即便雾霾遮天也无法阻隔许多人的望京路。

上帝是公平的，一切事物遵循能量守恒的定律。你享受一些美好的同时，也必然承受一些不足。在北京最大的消耗是时间。时间的成本是巨大的，家、工作地、孩子上学地基本都是分布在一个球面上，所以大多数人面临的选择是要不拼命跑路，消耗大量时间，要不租房住，付出财务上的巨大支出。

在妹妹居住的小区，可以见到来自天南地北的白发苍苍的老人，他们也是"北漂一族"。他们大都是退休后，来到北京，为在京工作的子女接送孩子、做饭的，缓解子女的压力。

老父 75 岁，老母 73 岁，为了让忙碌了一天的妹妹、妹夫下班回家就能吃上可口的饭菜，为了小外甥不至于因为放学后总被送到"托管班"而抗议，父母只要身体条件允许时就留在北京帮忙。

　　唉，北京！一座让人欢喜让人忧,一座让人又爱又恨的城市。

行走在北疆

对新疆的向往源于一首歌词的述说：广阔的草原，牛和羊沐浴着阳光。不是天堂，比天堂更美的地方。连绵的雪山，那是大地的衣裳。圣洁的雪莲，开在天山顶上。戈壁尽头，多情等候的胡杨。胡杨脚下，已是千年的风霜。葡萄架下，看看西域的阳光……

西域的阳光确是暴烈的，即便是掩藏在仲秋的暗影里。到了新疆才明白为什么这里是摄影家的"天堂"、画家的坟茔。再美的诗歌描摹的只是它显露的外表，它那毫无装饰又雄浑大气但暗藏柔媚的面庞却是任何笔墨难以写就的风光。雪域冰川下层峦叠翠，湖水静谧。广袤草场上溅泉流瀑，珍禽飞舞。它将奇幻和多变、神秘与自然、丰富与荒凉、纯净和诡异集结在一起，看似简单粗犷，实则包容细腻，处处是大自然最原始古朴的印记。

新疆地貌广博，占全国疆土的六分之一，从一个地方到另一个地方大都行进在茫茫戈壁间，风沙声穿耳而过，这时，心里仿佛也布满了沙尘。而越过了片片山峰之后，蓦地满眼的绿色和金黄扑面而来，似乎草的芬芳混合着葱郁又会把心儿撑得饱满而灵动起来。

跋涉了三千多公里从内蒙首先来到喀纳斯，这里是阿勒泰的腹地，被誉为世间罕见的人间净土。这里，阿尔泰山脉上的云雾与天相连，下面是碧绿无垠的草场，牛羊和马儿在草地上欢快地嬉戏打滚儿。大西洋的暖湿气团跋山涉水抵达这里，为喀纳斯带来充沛的降水，漫山遍野的落叶松、云杉、白桦、五叶松等 800 种珍稀植物在这里生根，原始生态系统保存完好。所谓"净土"即得益于人迹罕至和当地人的敬畏之心吧。

喀纳斯最似桃源仙境的当属坐落在阿尔泰深山密林间的高山湖泊—喀纳斯湖，之前就听说过许多有关喀纳斯水怪的传言。没来前还揣摩着这湖或许会有几分古怪吧？可看到的是宝石般碧绿的湖水静静地徜徉在喀纳斯峡谷，漫长旅程带来的焦躁瞬间得以平息。传说当年成吉思汗的军师耶律楚材西行来到这里，他遥望如珍珠般洒落在峡谷中的湖泊写下了："谁知西域逢佳境，始信东君不世情。园沼方池三百所，澄澄春水一池平"的诗句。听导游说，虽然有各种各样的有关湖里"水怪"的传说，但"水怪"到底什么样，身边人都没见到过。不过，当地人不在湖里打渔，即便是有死掉的小鱼和野生水禽浮上岸，也不会把它们当作食物。

在这里，留存了一个神秘的"原始部落"，他们就是蒙古族"图瓦人"。传说他们是成吉思汗西征遗留的士兵的后裔，被称为"云端上的部落"。目前，全国共有 2600 多图瓦人，全部居住在阿勒泰地区。

秋天的喀纳斯群山映雪，松涛阵阵，树影婆娑，天空与湖水碧蓝如洗。禾木村一栋栋小木屋被鲜花和绿草环绕。大自然真是最好的丹青手，它的"大写意"超越了人的想象之外。居住着图瓦人的禾木村，笼罩在清晨的薄雾中，既有北方的奔放豪迈，又有南方的婉约静美。

走入了一户图瓦人家的小木屋，完全沿袭了蒙古族突厥时代的生活习俗和文化特征。他们勇敢强悍、善骑射，能歌善舞。他们会用一种酷似芦苇的植物制作成"苏尔"，闭上眼睛听他们吹奏，能沉醉到鸟鸣山更幽，蝉噪林逾静的意蕴中。

这里还有我国唯一流入北冰洋的额尔齐斯河，镶嵌在荒漠戈壁上。河对岸是葱郁青翠的河谷，激猛的河流冲击以及狂风侵蚀，形成了悬崖式的雅丹地貌。由于岩石含有矿物质的不同，幻化出种种异彩，因此得名"五彩滩"。

五彩滩内有大小石峰、石墙、群峰如林，疏密相生，鬼斧神工，风尘不染。五彩湾流畅的曲线蜿蜓脚下，光怪陆离，起伏变幻，时近时远，摇曳出一种动感的神秘。

没来过新疆，不知祖国疆土有多大。从阿勒泰到乌鲁木齐是八百多公里的车程。又是一路穿戈壁、跨草场，来到天山脚下。有人形容天山"秀春藏媚、幽夏露艳、深秋隐俏、旷冬埋丽"。仲秋的这里，波平如镜，碧水流蓝，这样的画卷是大自然给人类心灵最好的给养吧？徜徉在举头峰含白雪，垂首静水流深的小道上，似乎各色花草的淡淡香气都在微风中泛起。

新疆是个多民族聚集的地区，维吾尔族、汉族、哈萨克族、回族等。辽阔的土地和丰富的资源给了他们乐观、幽默、耿直的性格，从他们的琴声与歌舞中能看到他们感情的真实流泻，他们清澈的目光能直抵你的心灵的谷底。

上帝的公平在于给你一样美好的同时，总会附加一样不好的东西。从乌鲁木齐向火焰山行进的过程中，已逐渐感受到热浪的侵袭。听导游说，火焰山地表寸草不生，但地下蕴藏丰富的石油、天然气、和煤。岑参写过"火云满山凝未开，飞鸟千里不敢来"。到达火焰山时看到纵横的沟壑在烈日的照耀下赤褐砂岩闪着光亮,仿佛热浪在云间翻涌。我们迎着热浪走进坐落在火焰山中段的千佛洞。

始凿于南北朝后期,历经七个世纪风雨的千佛洞始终是西域地区的佛教中心之一。洞内的壁画以佛教故事、因缘故事和千佛像为内容,曾经的荒凉之地被有信仰的丹青手描绘的五彩斑斓。遗憾的是洞内精美的壁画只是依稀留下美丽、斑驳的痕迹,听说所有壁画都被盗走,不禁感叹:人是最贪欲的动物,也是最残忍的"杀手"。

所幸遇到一回族老人,他拨动艾捷克琴弦弹着王洛宾的歌,美妙回肠的琴声驱走了丝丝惆怅。

在吐鲁番以西十余公里,有一座故城—交河古城,被誉为世界上最大、最古老、保存最完好的生土建筑城市。经历岁月和战争的侵袭,这里的宁静异乎寻常。很奇怪,正午的暴烈的阳光混合着沙尘,却掀不起心灵的一丝波动。闭上眼睛行走,时光仿佛驻足在历史的一角。不管这里曾经经历过什么,风烟俱净后尘归尘、土归土,多少辉煌和激烈都化作无声的荒芜。

在坎儿井,见识了中国古代和万里长城、京杭大运河并列三大工程的地下水利灌溉工程。这种荒漠地区的特殊灌溉系统充分彰显出了古人的极端智慧。

古人不见今时月,今月曾经照古人。游走新疆处处感受到大自然最原始的鸣唱和人的纯朴、简单、快乐。

盼望着能再去那遥远的地方,盼望着我们的游者能珍惜所有的高山、湖泊、牧场和生灵,别让自然的生息淹没在各种物欲的狂妄里。

拥抱明天

　　教育是唤醒，是理解，是陪伴。孩子应该是我们生命中最亲密的他人。他不是我们的翻版，不是我们实现梦想的依托。他是一个独立的存在，他有权决定自己的生活。我们能做的就是在这个生命成长的过程中不断地付出、欣赏和守望。

默默生长的小南瓜之一

记得上幼儿园时的儿子总能让我开心不已，他活泼幽默，懂事贴心。每天上园的路上，我都给他讲很多做人做事的大道理。诸如，男儿当自强；少年强，则中国强；男儿要修身、齐家、治国、平天下之类的，他似懂非懂，但却认真地听着。每每幼儿园做些能拿回的吃的，他都会拿回来些给我和他姥姥姥爷。有时仅是用小手捏回的几颗炸花生米而已，但却认真地一一分给我们。

给我的生日礼物是用绒线缠成的戒指，我记得送过一个红色的，一个绿色的。

好像噩梦的来临是在上学后。一是他放学后写作业磨磨蹭蹭，二是他一背稍长的课文就哭，三是默写生词总要错大半，无论如何耐心地说服帮助，这三样没有一点长进。我终于失去了耐心，开始不停地冲他吼叫，教养全失。

这样噩梦般的日子过了有大半年。我意识到，单纯的机械训练已经让他麻木又恐惧，应该换一种方式了，看是否有效。

我调整自己的心理，把对他的期许放到一个较长的时间段内。还决定带他读书。我想，读书会强化他对背诵和生词的记忆，对他长久语文的学习也会大有裨益。

从此之后，只要有时间，我就带他去书店。起初，他一直

104

迷恋游戏中的精灵，并不感兴趣我给他买的书。我和他边斗争、边妥协，渐渐地他也接受了我们为他挑选的书籍。记得那时他爸给他买的《丁丁历险记》、《父与子》他看了一遍又一遍，还有《窗前的小豆豆》、儿童版《三国》和《水浒》都是他的挚爱。

印象最深的是五本适合儿童读的一套故事性很强的散文集。有天晚上，考完生字他又错了大半，我忍不住又冲他咆哮，之后我收拾家，他躺在床上自己看书。我收拾完到他的房间看他一边看书，一边默默地流眼泪。一时间，突然觉得自己很过分，怎么总是忍不住要跟孩子发脾气，不是下决心要静等花开吗?为什么总要加重孩子的"弱项"心理，他很多方面不是都很出色吗？我向他道歉对他发了脾气，他哽咽着说，妈妈，我觉得自己就像这书里写的，这篇《默默生长的小南瓜》，我什么都做不好，就像这颗小南瓜，总也长不好，不像旁边的大树。我瞬间泪流，我给了孩子多少打击啊，让他变得自卑又胆怯。我抱住他，心想：一定克制自己，帮他找回自信和勇气。

默默生长的小南瓜之二

人的成长中，苦难就是最好的磨练。2010 年，母亲被查出患上了癌症。一时间，天崩地裂般，我和妹妹都被砸晕了。妈妈虽身体不好，但一直好强向上，我和妹妹的孩子都是妈妈帮忙带大的。我下决心倾我所能，陪伴母亲。于是请了假，到北京照顾即将做手术，并将进行放化疗的母亲。

那一年，儿子上三年级，整整十岁。因为孩子爸爸工作很忙，孩子又是我经手带大，只好将孩子托付给闺蜜。闺蜜和他老公都是认真又负责的人，把孩子交给他们我放心。

儿子自小脾虚，饭量不好，闺蜜想方设法给他变着花样做吃的。我在北京呆了近两个月，期间除了操心母亲，最担心的就是儿子的学习。没想到我回来后不久，他的期末考试成绩竟是全班第六，有史以来最好的一次。

回到家时，记得两个月没见到我的他像小狗一样扑向我，不停地亲吻我……

然而，磨练仍在继续，回来后不久，与我一起经公开招聘考到现在供职单位的另两位同事先后调离，在我心里掀起巨澜。一时间，我觉得自己被世界遗弃了。我也开始找地方，准备换岗位。奈何我实际是被外力所推，内心最渴望的仍然是自由，所以再三遴选，总是如剩女嫁人般高不成，低不就。在我不停地奔跑于呼包间与情绪起伏间时，对孩子的疏于照顾，竟让他最终由一次小感冒演变为支原体肺炎，住院输液治疗了近一个月。

记得他那时躺在病床上，最爱看的书是张永军写的《少年特种兵》，后来他还让我帮他买来了张永军写的《狼狗》、《57个鬼子》等一系列书籍。

出院后，大概是长时间的抗生素输入让他抵抗力极差，半年间，发烧、感冒、中耳炎、手脚脱皮、嘴裂、状况不断。

为了提高他的身体抵抗力，我为他报了羽毛球班，但他三天打鱼，两天晒网，并没有多大兴趣，直到有一天，他对我说，他喜欢踢足球，他要努力进校队。

爱上足球

大概上四年级的时候，儿子迷上了足球，他仿佛着了魔般只要有点时间就在学校、小区内或体育场练球。视频看的也都是足球，连游戏玩的都是实况足球。记得放假时下午三点顶着烈日就走了，一直到晚上九、十点钟　才回来。练了一年多，他所在校队参加东河区的比赛，他拿回了东河区最佳射手奖。

记得他曾经在作文中写过这样一段话：你们觉得我定位球射得准，却不知道，我抽射时膝盖的疼痛。你们觉得我倒挂金钩时很酷，却不知道这是我多少个夜晚倒地磨练的结果。你们觉得我处理单刀球时很冷静，却不知道那是我无数次被门将放倒的经验。你们觉得我传球的感觉和意识好，却不知道我研究琢磨过多少场比赛，你们觉得我身体很强壮，但却不知道那是我被无数次侵犯后而炼成的保护反应，就像风雨后才见彩虹，一切都不是轻轻松松……

.我一直是胆小,不爱冒险的人,对他踢足球我曾百般阻挠，主要就是担心他受伤。直到有一天看他发到 QQ 空间的一段话：我爱足球，它就是我的生命。我的快乐就是躺在草地上，凝望蔚蓝的天空。我最大的愿望就是带着我的球队，尽情驰骋在绿茵场上，哪怕再累、再苦、流血、受伤，哪怕失去生命，因为只有足球才能让我感受到热血的沸腾和燃烧的生命。那时，他是个十二岁的少年，就写出了这样的话语。这些话深深地震撼了我，下决心支持他。

记得最早他是恒大的球迷，一度非要上恒大足校，我请假跑到位于广东清远的学校实地考察了一番。从外面看清洁的校园、欧式的建筑、封闭式管理，看上去的确很美。私下与家长们沟通，大多数人觉得前景未卜。加之那儿地处偏远，空中楼阁般，并没有相应的足球文化的气息和相应的配套体系。最终废了很多口舌，并请了很多人游说，才让儿子放弃对那所学校的执念。

小学毕业，他到北京参加了科化足球培训。科化足球是全球足球培训的品牌之一，教练多是欧美人。到那儿，才切实体会到科化在科学训练的背后展示出的人文精神。比如，比赛时更重视团队配合和全员参与。培训期间，正值北京一年一度的"百队杯"比赛，记得当时参赛的有清华附小、北师大附小等。因为北京的学校基本都是校队的成员，整体配合好。科化队是临时组合的，而且它始终坚持"全员参与"的理念，所以有两场球都是在领先的情况下换上小队员，让别的队逆转胜利的，最终比赛的成绩并不理想。

但科化还是为孩子们组织了表彰庆功会。记得第一个接受表彰的就是车宜达，他上台时，队友们齐声说：车宜达是个人才。队里十多个孩子，除了一个来自韩国，其他的都是北京的孩子，所以，那句话一定深深烙印在儿子的心里，在他今后的足球道路上给了他无穷的动力。

家有小儿初长成之一

　　昨天是欧洲杯决赛，刚刚放假的儿子后半夜和同学出去看球。虽天光已亮，空气中满满的雨后的潮湿混杂着昨日酒逢知己残酒未消的倦意让人懒懒地不想起床。看到手机上一条信息，早点想吃什么？想不起吃什么，也未回复。不一会儿，门开了，儿子拎着一大包吃的进来。有豆浆，有夹菜饼，还有玉米饼、黑米粥……瞬间觉得身上有了神力，迅速爬起来和儿子一起共进早餐。

　　处在青春期的儿子情绪也是起伏跌宕，一会山，一会水的。对事物的看法也是此一时，彼一时的。前两年还迷恋德国战车，这些日子又喜欢法国的优雅了。他为法国输给葡萄牙而叹息。

　　总觉得让女人优雅的并不仅仅是环境、文化等因素，也还应该包括男人吧。只有具有内在力量又温文而雅的男人才能让女人变的既温柔又坚韧，既阳光又可爱吧？

　　大概是踢球的缘故吧，儿子内心坚硬的东西越来越多，逐渐从温柔小暖男变身铁血硬汉。记得他很小的时候就在三八节或我生日的时候用买好的绒线缠成戒指的样子送给我，再稍大些就买两只花送我。五岁那年六一儿童节当天他用小刀切橡皮玩，把手割破，我那天正好加班，接到电话赶到医院，他小小的身子躺在处置室里准备缝针，见到我一边疼的大哭还一边说：妈妈，对不起，让你担心了，我把手割破了，呜呜呜……我当下泪如泉涌。

年轻时看金庸的书最喜欢的是剑胆琴心的大侠，特别迷恋《碧血剑》里的金蛇郎君。狠厉中带着温柔，斜戾中难掩善良。初二第一学期，儿子居然说他要变得高冷、霸气和淡定。此后，他不仅管理自己，也管理我。妈，饭菜可以不好吃，但拨鸡蛋时一定把皮拨干净。我校服上滴上了咖啡，你没洗掉，上网查查怎样能洗掉？他又练球、作业又不少，每天都觉得时间不够用，我只好听令。他自己做的两件事一是煎牛排，二是擦自己的足球鞋。他煎的牛排总是外美里嫩，不像我是外焦里不熟。他擦出的鞋也总是边是边，面是面，再旧也是干干净净。

以前他踢球受些小伤，我总是大呼小叫，心疼不已。后来他说你这样我还能踢球吗？14岁冬天去北海冬训，被踢伤脚踝，在异乡独自躺在床上呆了七八天，他对我只字未提。去年又去冬训，遭遇极冷天气，他说他们四个男孩挤在一起抱着取暖。一天四场比赛，有时累的连话都不想说。给他打电话，他总是说，没啥事，挂啊。他回来时，我们一家去常家小院吃饭。只剩下走廊上一张桌子，靠走廊处只能放下窄窄的一张长条小凳。他一米八五的大个子，非要坐到小凳上，把两旁的宽椅子让我和他爸坐。吃完饭出门，非要领着我，怕我眼神不好摔跤。还给我买了越南红茶，给他小姨、姑姑各买了一个花果茶做礼物。

足球伴着他一路走过。今年四月十二日，儿子所在二十九中和包七中争夺市长杯，这两支球队一直是"宿敌"，整个比赛拼杀激烈，险象环生，最终二十九中靠点球获胜，赢得了包头市冠军。我猜测作为守门员的儿子一定经历了心理和身体的严峻考验。我抑制不住制作了一个音乐相册庆祝他们的胜利，儿子却对我说：妈，悄点啊。

今年五月八日，是母亲节。七号晚上他非要出去转转。八点多出去，十点多才回来。记得八号早晨一起来，一束紫色的玫瑰开在我床前，芬芳的香气氤氲在空气里。儿子站在我床前，吻了我的额头，说："母亲大人，节日快乐！生一个情商爆表、颜值爆表的儿子，你是不是很开心啊？"花是他昨晚买好并悄悄藏好的。

我是个爱自由又懒散的人，东西摆放无序，做事拖拖拉拉，身为教育工作者的老爸老妈没少唠叨我，但我一直心动没行动。直到有一天儿子一脸严肃地对我说，优秀的孩子背后都站着一个优秀的家长。哎，为了成就他的优秀，我只好努力改变，让自己变得优秀些。

从此，家里一切物品实行定置管理，每天早晨拉出要做事情的清单，晚上过滤一遍，做到今日事，今日毕。每天静静地读书陪伴写作业的孩子，突然觉得这样的日子好心安。

家有小儿初长成之二

六月一个闷热的下午，再寻常不过，儿子所在学校要和包四中踢一场友谊赛，不知为何赛前的一晚他异常烦躁。第二天中午，酷热难挡，他去了赛场，六点还没回家，我隐隐的有些不安，六点半打来电话，告诉我直接去骨科医院。

他腿部肌肉拉伤了……疼的厉害,怀疑是十字韧带拉伤或半月板损伤,这两种伤如果严重就几乎意味着足球运动的终结。因为得等到第二天做核磁共振才能确诊，那晚，我们俩都失眠了。

想想儿子对足球的挚爱，想想四年多儿子不停的奔跑，不惧酷暑地训练。放假时都是顶着太阳走了，再戴着着星星回来。六年级比赛时被撞，流着鼻血依旧坚持踢完比赛。初一时在一次比赛中被踢伤脚踝，痛苦地呻吟了大半夜。去北海参加集训、比赛，虽水土不服，但坚持边输液边比赛……血和累的场景一幕一幕，中间几次劝他放弃，他都是坚如磐石地回答，不！心里祈祷着：愿上天成全孩子的梦想，别让他有致命的硬伤，阻断他对足球的挚爱。

从起初的反对到如今的全力支持是因为看到了足球带给他的转变。

儿子原来是个怯弱、自卑的孩子，因为成绩平平一直在打击他脆弱的小心灵。终于足球帮他找到了血性、韧性和自信。在一场场比赛中，还看到了了拿得起、放得下的人生哲理和竞技体育的规则以及团队配合的力量，更促进了他身心的同步成熟。

幸而，诊断结果出来，只是肌肉拉伤，腿部积液。治疗就是卧床、输液、热敷。二十多天，基本在床上躺着，复习要结业的科目，一个月后，终于可以正常行走，轻微活动了，但不能剧烈运动，避免积液重生。这对于一向爱运动的儿子而言这一个多月大概就是练狱般的生活。能正常走路后，他立即报了个吉他班、一个健身班开始学习和恢复性训练。

这期间，校队的比赛一个接一个，特别是"主席"杯这样的大赛，还有全国青少年校园足球夏令营等等，大概这些强度和硬度都不够的活动根本无法平复他激荡的内心，儿子执意要独自出去走走，他选定的目标是云南。

之前我和他爸不放心，想开车一起陪他去，或我和他报团去，但他坚决不同意。我无奈之下，搬出从小看大他的姥姥姥爷说服他，姥姥软硬兼施，动之以情地劝说使他答应考虑考虑。但面对我时，他依旧坚定地说，他十五岁了，不是小孩了，他要乘这段时间出去看看外面的世界，来一场说走就走的旅行。

一个人的旅行之一

距离儿子的十五周岁还有一个多月，无论怎样全家总动员制定几种出行方案供他选择，他就是一意孤行，要来一场一个人的旅行。

他选择的地点是云南。云南应是自然景观和人文景观的荟萃之地，悠久的历史、独特的地质结构、众多的名胜古迹，的确是太值得一去的地方。不知为什么他一直念诵最想去的地方是腾冲和泸沽湖。难道他学过的地理、历史知识在发酵？源于腾冲是国内唯一的火山地热并存地区？抑或缅西抗战的那段历史激荡着热血小男儿的心？还是摩梭人作为中国唯一存在的母系氏族社会挑起了他的好奇心？按照大师们读万卷书、行万里路、阅人无数、名师开路、自己去悟的成功路径，本也应该是不错的选择。唯一担心的就是他的安全。也曾想为他找一个伙伴同行，奈何现在初二孩子的假期，是个为初三课程预热的假期，大多数孩子都在选择假期补课，想找一位性情相投的孩子出行确是难上加难，于是只能作罢。

7月18日，从包头乘动车到呼和浩特，再送他到白塔机场，一路匆匆。此前对他一个人出行的决心预估不足，直到瓦解他想法万无可能的情况下才急急帮他收拾行李，那晚儿子订完机票后订火车票，征询我意见，处在麻木状态中的我随便应了一声，第二天，坐到动车上才惊觉时间有点悬，从火车站到飞机起飞只预留了 100 分钟的时间。下车后一路紧跑，快出站时，问旁边装扮利落的小伙子去机场是否堵车？回答还好。大概看出我满脸焦急，他问我们是否是去机场？说可以同行，他要好了车。我喜出望外，这样时间上就没问题了。闲聊中得知他是跑医疗业务的，家在包头，工作在太原，每年全国各地飞来飞去。他说有一款接机、送机软件非常好用，听介绍说这种专门接送飞机的车不仅给提供矿泉水，还有常备药，对需要的用户还提供轮椅等。

科技改变生活呀，太方便了。到达机场后我要付钱，小伙子说已网上支付，执意不收我们的钱。出行第一天就有此奇遇，看来我也不必太杞人忧天了，人间自有真情在啊。

望着他走进机场安检口的背影，龙应台的那段经典话语跃上心头：

所谓母子一场，只不过意味着，你和他的缘分就是今生今世不断地在目送他的背影渐行渐远。你站在小路的这一端，看着他逐渐消失在小路转弯的地方，而且，他用背影告诉你，不用追。

伤感和担心似水波般漫开，儿行千里母担忧，不仅仅是因为他只是个没成年的少年。即便他已成人，他第一次的独自远行依旧会牵动、撕扯着母亲那颗面对孩子时永远细腻、柔弱的心。

想起儿子目光中透着坚定掷出的话语：妈妈，我不想像你们那样没有激情地生活了，我的青春我做主！

他是不想像我们循规蹈矩，从不敢越雷池一步？还是唯唯诺诺，按照所谓的标准答案生活一生？无论如何，我并不期望他活成我们的翻版，我愿意为成全他内心真实的想法承受所有的焦虑和不安，努力做一个理解他、懂他的母亲。

一个人的旅行之二

儿子一个人去了云南，他自己游玩了昆明、西双版纳、大理、丽江和泸沽湖。每到一地他给我发一个笑脸，就不再多言，不像小时候叽叽咕咕说个不停。他自己订车票、酒店。千叮咛万嘱咐穷家富路，出门吃住要好一点，他置若罔闻。一般都是选择火车和大巴，不得已乘飞机时都是定的后半夜的打折票。他开始住连锁酒店，后来有了旅行经验就住更便宜的"青年旅社"，上网查询我才知道"青年旅舍"经济、方便，实为出门旅行的年轻人打造。几个人一个房间，便于交流，很多的地点就在景区，入住的多是大学生。缺点就是人多，乱。

最开始几天，我一直处在恐慌的状态。怕他被骗，怕车走在盘山路上出问题，怕他水土不服……各种担心，让我逐渐安定下来的一是时间，二是全国的书博会在包头举办，吸引各路名家前来讲课。

恰巧那天听了复旦大学韩升教授做客《鹿城讲坛》，他那天讲的是《盛唐文化》。韩教授说，唐太宗李世民 16 岁即开始领兵打仗，建功立业，可我们现在的教育二十几岁还在读书，还没走进社会，突然就给了我一个不小的安慰，一时间，仿佛儿子穿越到唐朝就是李世民似的。期间，单位还来了个实习生，是个美丽的姑娘。她在天津上大学，读大四。她听我在电话中和朋友述说儿子一个人出行的忧虑，居然安慰我说，您不用着急，我现在觉得学习好只是一个方面，有能力、敢闯荡的孩子将来才会更棒。您看我姨家哥哥，比我才大一岁，大学刚毕业，学体育的，就开了个足球班，小孩可多了，我哥特会跟人沟通，他就是从小就老出去旅游，才见多识广的。可爱的姑娘又给我吃了颗"定心丸"。

儿子出去的第十天，我收到快递来的一个包裹。里面是两罐"普洱皇中皇"送我的，一条看似是烟、实则是茶的普洱送给他爱吸烟的爸爸。还有一副写着"海纳百川"的字是他途中遇到一个老师写给他的。

返程时他决定先回北京看看从小把他带大的姥姥姥爷和一直疼爱他的小姨。听妹妹说感觉他长大了，更沉稳了。他送给弟弟一个古朴典雅的笔筒，给姥姥姥爷买了一小包铁皮石斛。记得老妈在家时有次听《养生堂》就念叨过铁皮石斛，我一直想给她买，三插两插就出去了，没想到儿子有心买上了。

上了初二的他或许因为青春期，或许因为压力大，不像小时爱说爱笑，变得沉默寡言了，一直很担心他的心也会变得冷漠荒凉，没想到他还是像小时一样惦记着每个人。包括他出门前，专门跑回东河区看望了小学的班主任和他的足球教练，那天，还拉着我到超市认真的为老师挑选了礼物。

我蓦地明白，健全的人格修养最重要的一点就是身怀一颗感恩之心。

我们十几亿人口的泱泱大国，能走上成功之巅的人毕竟是金字塔的塔尖。大多数人注定将籍籍无名度过一生，如果注定是这样，我们对孩子最大的期许不该改变一下吗？让他们学会自立、自强、宽容和感恩不是比多考几分更重要吗？突然很庆幸让他游历了这一圈，让已经 70 多岁的父母收获一份来自尚未成年的外孙送出的惊喜。

这应该是弥足珍贵的记忆吧，这份来自孙辈的惦记足以温暖他们很久很久吧……

和儿子一起成长

儿子坚持独自去云南旅游，整整走了 20 天，我每天都如坐针毡，心里七上八下的。有一天，一直没联系上他，正好那天他在泸沽湖，我开始各种胡乱猜想，一个人望着窗外，开始后悔没有坚持不让他一个人走，觉得他若有什么闪失，我活着还有意义吗？那晚世界好像走到了尽头，四周的黑暗仿佛也像黑老巫在嘲笑我……终于 10 点多他打来电话，说下大雨，手机进水了……

儿子终于回家了，这一天距离他满十五岁生日整整差一个月。他似乎没什么变化，又仿佛成熟了许多。他对我说：此行收获很大，当然也花钱买了好多教训。

比如，他在丽江，赶上下雨，无处躲避，他的手机进水了，情急之下，随便找了一家小店。说两个小时能修好，结果修到晚上十点多，还没修好，修理工说饿的肚子疼，要出去吃饭，让儿子明天来取。第二天去取，却又说修不好了。儿子从版纳游玩又回到丽江那天，就直觉这件事不对，说想去再找修理工，考虑到人生地不熟的又独自一人，我阻止了他。回来一问，他的手机配件全部被换掉。

回来第一天他就立即到健身房训练肌肉，他说作为运动员他的肌肉强健的程度远远不够，需要加紧训练。随后到琴房练吉他，他说他要在这个暑假学会弹吉他，看得出，儿子学会用音乐调节自己的情绪了。

记得每次比赛前，他都把音乐声放得大大的，简单冲个澡，再喝一杯热咖啡，他说这样可以让他比赛时迅速进入状态。他还要试听英语。他说必须学好英语，否则出国旅游去无法交流。还对我说，你以后不用老盯着我，我知道自己该干什么。

说实在话，儿子学习成绩一般，小时候，为他担心过。但随着他的成长，他性格中的坚韧、对感兴趣事物的执着探索、分析人和事情的能力及处理事情的水平都让我刮目相看，我反倒越来越不担心他的未来。我虽然对他成功与否无法预料，但我坚信他能经营好自己的生活。他变得挑剔和苛刻，他说让自己变得挑剔些，才会拥有一份美好的生活。

记得蒋勋说，欧洲有种青年出走的文化。他认识的一名 14 岁的苏格兰小孩，靠打扫厕所攒了一学期的钱，然后假期再去欧洲旅游。孩子们走出去，不仅开阔了眼界，也练出来了担当。

或许是我们生活在一个虽不缺物质，但却安全感匮乏的时代，作家长的因为恐慌就拒绝了让孩子成长的一切机会。

最好的教育的确是唤醒内心的自觉，而不仅仅是家长事无巨细的设计规划，或是在大人的监督下多做对几道题。引导、启发孩子学会与人相处、与自然相处，与自己的内心相处，帮他找到他在这个世界上合适的位置，让孩子们感觉和养育自己的幸福，才是我们每一个家长最该思考的事。

踏歌而行

　　记忆是一条河，缓缓地淌过。长长的过往，河水时而清浅、时而雄浑、时遇高山、时有浅滩。20年弹指一挥间，记者生涯没给我带来财富、地位和荣耀，却给我带来自由、从容和丰富。让我在诗与远方间游走，独守一方纯净的天空，在温润的文字中，将心安放。

职业生涯之感恩一切

1994 年的冬天并没有什么不同，但对我而言却是一生难忘的。回想起来那一段时间总看到橘红色的太阳暖暖地挂在天际，给笼罩着雾气的大地涂抹了一层层闪耀的霞光，霞光映照着一个女孩光洁青春的面庞。就在那个冬天，开启了我职业生涯的新航程。

毕业后在铁路供电部门工作，每天闲的挠墙般的工作折损着人的意志，消耗着鲜活的生命。包头铁路分局电视台要在全局管内招聘记者和主持人的消息终于让我枯井不波般的生活有了一丝波澜。那一直以来对记者职业的向往和对文字的热爱让我如少女怀春等待恋人般，迫切期待着考试的来临。

可真到了考试当天，冬日的阳光突然那么辽远，天空仿佛是一张阴沉的脸，我的心情也随之降到了冰点，甚至不想起床。记得几天前报名时，进一个大院，遇见一位师傅正在擦车。陪我同去的好闺蜜开玩笑地问：你说这考试，会公平吗？师傅答：谁知道呢，也许早内定好了，你们都是陪绑的，不过试试呗，万一是真的呢？想到这些，我突然丧失了尝试的勇气。老公催促我，名都报了，就去试试吧，你又不是没实力，万一有机会呢？我犹犹豫豫地起了床，几乎赶到考场的同时，考试就开始了。

　　第一轮的考试是基础题。记得题出的五花八门，天文地理的，幸亏我一直是"杂家"，稀奇古怪的书看得多，自我感觉还可以。考试后还发了榜，贴在了电视台的大门口，我排名第三。第二轮是面试，主考官是来自宣传部、组织部和人事处等部门的负责人。看到他们一个个正襟危坐、面无表情的样子，我心里不禁咯噔一下，幸好年轻的我也算天生丽质，给自己增添了不少信心。这一轮后，我排在了第二名。面试结束后当晚，电视台就在新闻之后的黄金时段播出了进入前六名的人员名单。之后的第三轮考试是演讲和笔试作文环节。进入这一轮，我先前的底气折损了一半。演讲测试之前，我们进行了抽签，才看到冲入最后一轮的选手个个谈吐不俗，气质不凡，且各有优势。我心里念叨着比我靓丽的不一定比我有才，比我有才的不一定比我成熟，比我成熟的不如我从容的字句镇静地走入了考场。演讲时我稍稍有些拘谨，但作文题似乎正和我心，洋洋洒洒、引经据典，自己都觉得行文顺畅，一气呵成，有酣畅淋漓之感。

　　记得题目是就这次公开招聘写个侧记再加一个记者述评。我标题用了《问渠那得清如许为有源头活水来》，述评是《我劝天公重抖擞不拘一格降人才》，总觉得那天思如泉涌，笔走游龙，有如神助，自信满满地考试成绩不会差。果然，不几天，排名出来了，我高居榜首。

　　随即接到通知让等消息，还要经历本次招聘考试的最后一关——组织考察。等待的日子是漫长的，这个冬天变得格外清冷阴郁起来，仿佛每一天都皱皱折折地打了卷儿。一边是心里忐忑，一边是流言纷纷。我暗自揣测这么大张旗鼓地招聘，又贴榜、又电视播出的，会暗藏猫腻吗?可一个月、两个月、三个月过去了，组织考察石沉大海，杳无音信。

等到第五个月，正值四、五月间的沙尘遮掩了天空的湛蓝，原本枯燥的工作加上等待的焦虑，让我失去了一向平和安然的心境，正准备逃离几天，到山明水秀的地方去。就在我一切准备停当，要出发时，突然接到六月一日到电视台报道的通知……

漫长的等待化解了所有的兴奋和快乐，我平静地迎接即将到来的另一种生活。

几个月后，在记者岗位上摸出头绪的我采访时会遇到各色人等，不时会听到有关我们考试的种种内幕。的确有领导为某些应聘者说情，但最终没起作用。有的领导提出企业电视台下现场多，建议招用两男一女，有的建议考虑记者要出镜，因此要考虑上镜形象等等。中间跌宕起伏，最终决定是摒除一切因素，践行考试前"公开、公平、公正、公示"的承诺，录取前三名。我和另外一男一女的应聘者最终从众多的报名者中脱颖而出，开启了全新的职业体验。

二十年弹指一挥间，多少次飞花落红，多少次雨雪霜冻，一起走进这个门槛的同事纷纷离开，而我却海棠依旧。一直笃信：上天给你的都是合适你的，正如阳光、草地、河水之于小羊。记者的生涯没给我带来财富、地位和荣耀，但给了我丰富、从容、自由的生活。而今，我更加深深感念当年以公正之心对待这次招聘的所有人，让我有机会圆了记者梦。让我能终日与书籍和文字为伴，在诗与远方间游走，做人世间幸福的精灵。

职业生涯之有波有澜

记忆是一条河，缓缓地淌过。作为企业电视台的一名记者，职业生涯中大多的时间都是平淡如水，按我们的说法我们的工作就是要唱好"四季歌"，和铁路大动脉纵通横达保持同频共振。报道好春运、暑运、秋检和冬运，一年年的时间就倏然而过了。

长长的过往，河水时而清浅，时而雄浑，时遇高山，时有险滩……催生出七彩变幻，交织出五味杂陈。

刚到电视台时，自恃读书不少，私下还在想，世事洞明皆学问，人情练达即文章，新闻稿有什么难写？陈述事实罢了，真是年少轻狂。之后，几年间的历练，不过增强了铁肩担道义，妙手著文章的责任感。再之后，流年逝水，在老牌国企大联动机上我如一颗靠惯性缓步慢行的零件，又像温水中的青蛙，麻木地看着周遭的一切，几乎丧失了一切激情。真正感受到对个人素质的极大挑战，让我重新焕发斗志和热情的是我台要进行现场直播。

职工代表大会是铁路局一年一度的盛事，跟全国的"两会"一样，它决定着铁路局一年的宏观发展方向，这也是最考验新闻人的时候。

记得 2005 年铁路局职代会，几个一直对新闻工作抱有极大热情的人一拍脑门决定尝试一下新的报道方式--职代会直通车，想对开会的盛况进行直播。因当时设备受限，只能先录像，再播出。但要在两天的时间里学习吃透文件再抽出精髓做出三期有内涵、有深度、有趣味的节目，这对我们已有的技术、设备、人员素质都提出了相当的要求。只有两天半的会程，文件也不是很长，从哪些角度访谈？涉及哪些内容？找哪些人？什么时间录制？则需要透支很多智力和体力。这种节目不仅检验主持人的阅历、知识水平和应变能力，同样的考量也摆在嘉宾面前。近乎二个夜晚的筹谋终于定出采访提纲，之后，在听会的间歇我冲到对面的小发廊匆匆吹了吹头发，如果不是考虑到上镜的效果，或许根本不会做这种劳命伤财的事。我和嘉宾在中午简单吃过工作餐后就来到临时搭建的"演播厅"做直通车的采访。我们录制的时间只有一个半小时，嘉宾也是我们精心挑选过的，有处室的领导、站段领导、环节干部，还有最基层的职工。根据以往的经验，选嘉宾一定要选"人来疯"或内心极其淡定，有超强驾驭局面能力及知识积累很充分的人。这样的人对着镜头不会紧张和局促，有速度又有质量录制完成节目的概率较大。好在我们平时走基层的时间较多，对那些在镜头前挥洒自如的人大都了如指掌，因此选的嘉宾基本都是曾经被纳入"视线"，并在日常新闻报道中经常被"演练"的人。即便如此，那些学养深厚、思维能力超强的人还是会给人以深深地震撼。在那么短暂的时间内做基本没什么准备的必答题，还要答的既在意料之中又有惊人之语。具有这种过人能力的人，常常也就成了检验我们的镜子，敦促我们在平时积蓄力量，做好知识储备。还得在节目之前做足功课，管中窥豹地抽出问题。毕竟在这样一群既是身边人又是特别睿智的人群中游走，对增一己之智大有裨益，更何况和他们的互动是那么有趣。

那次节目后，我痛感自己知识积累深度和广度的不足，狠狠恶补了一番。《明朝那些事》、《品三国》、《追风筝的人》、《人间词话》、《狼图腾》、《甘地传》、《我们仨》、《世界经典散文集》等，那两年，我重拾了早年对书籍的热爱，在书海中与那些丰盛而饱满的灵魂对话，跳出非黑即白的思维藩篱，在深远的大地间壮阔着自己的思维。

一场真正的直播是在二年后，有线电视数字化的进程推进了我台技术的"革命"，技术的"革命"带来节目的创新。那时，全局"学练考"活动如火如荼，在全局北傍阴山，南沿黄河，穿越两盟六市的千里铁道线上，从领导干部做起，自上而下开展了学技术、练硬功活动。别出心裁的有关部门要来一场向全局现场直播的考试。那一回，我作为主持人，自己要找活动的切入点、找采访事例，自己边报道现场考试情况边做述评。同时要自己化妆、做造型、选衣服，忙得心力交瘁，感觉思想与身体的承受已到极限。录制的同时通过全局的电视电话系统同步进行直播。那次我深切地感受到团队的力量。好几台摄像机切换、导播的机智沉稳、技术人员的视音频把控、后勤人员的无缝对接等，充分体会到这是一个团结向上、快乐战斗的集体，是一曲和谐的交响乐，是一台高速运转的联动机。但节目成功后的璀璨都洒落到主持人身上，我在感受万丈光芒的同时也深深意识到很多人的默默付出成就了我们。

从此之后，我更加珍视职业带给我的自信和从容，正如一首诗中所言，我走过你身边的时候，我只想收获一缕春风，你却给了我整个春天。我走过你身边的时候，我本想收获一片树叶，你却给了我整片枫林。

　　记者的生涯让我充实又丰富，它给了我新的思考的角度和维度。毕竟经常与智者对话，能让你站在高远一些的地方客观而又理性地看待人和世界。

职业生涯之匆匆那年

青春是每个人都永远难忘的日子，打马而过的洒脱里布满了激情和狂野，那是明知不可为非要为之的一往无前，那是有一点点阳光就会扫荡所有阴霾的豪迈。那时的欢快如清亮的溪流，跌宕在时光的每一道缝隙里。

那时刚走上记者的岗位，青春靓丽加小有才情，我们几个年龄相仿的人很快就成为焦点。而一个个新闻事件也在淬炼并成长着我们。

96 年，遇到"5.3"地震是我们经历的第一件"大事儿"。地震刚一发生，人们还在懵懂的状态，记者的职业要求就是第一时间赶赴各种"现场"。随即，一篇篇报道新鲜出炉：《地震后，我局运输组织井然有序》；《震后，各岗位职工坚守在一线》；《地震时，她首先想到的是孩子》；《医院，尽心救护砸伤家属》……

那时我们怀揣着一颗单纯易感的心，白天跑现场摄像、采同期，晚上加班写稿子，编辑新闻至深夜，累并快乐着。

最兴奋的时候是每年的职工消夏节和元宵节。消夏节是一群人的狂欢。对一年四季在生产一线绷着弦儿的职工们来说，找一时之闲，寻一时之乐，在歌声中尽情抒怀都变得很奢侈，甚至是比过年更惬意的事儿。这时的我们也浸染在欢乐的气氛中。一个个单位，一场一场的录制。做片花,写花絮，写解说词，做后期，虽然忙到头眼昏花，但总觉得一股股激情在胸中奔涌。一直在疑惑，那种激情和动力是来自年轻的生命还是来自那个年代的氛围，抑或兼而有之？

记忆深刻的还有栏目的摄制，由于新生力量的加盟，台里决定开设《包铁人写真》栏目。每期节目自己找题材、找人物、自己播音、主持、拍摄、撰稿，两人一组，每月一期。记得 2000 年世界杯期间，做了一期节目《走近世界杯》，那期节目让对足球一窍不通的我几乎迷上了足球，迷上了那些在绿茵场纵横驰骋的身影。

那期节目的采访对象是铁路的球迷，从他们口中我才知道了"大力神杯"，"金靴奖"和"足球先生"，领略了铁血战车、桑巴足球的魅力。

那时白天采访人物、拍镜头，晚上看球赛、恶补常识，有灵感时编片子，连熬了几天几夜。片子编成播出后，很多人都觉得赞，评价做的专业，那种被赞扬的成就感立即将几夜的煎熬都化为灰烬。于是陶醉于那句话：电视作品是最立竿见影展现个人物化劳动成果的东西。

2002 年底，非典开始侵袭大地。一时间，临河、包头、呼和都成了"重灾区"。记得那时进医院采访都被要求戴上口罩，穿上隔离衣，那种凝重的气氛，紧绷的神经总让人感到自己仿佛就是下一个非典"疑似"病例。做新闻特写、做访谈、做专题，一岁多的孩子被抛给父母，甚至顾不上打个电话问候一声。有次加班做片子，主题是一个幼小孩子对一个去临河支援救护的妈妈的思念。我们为找到一段忧伤的音乐配合情境，忙碌到后半夜两点多，一起加班的男同事送我回家时，我俩还在为结尾用什么样的镜头表现孩子的思念争论不已。蓦地我俩不约而同抬头看到挂在天上的月亮时兴奋不已，一起想到用孩子在窗前看月亮思念妈妈来结尾。那种将思想和情感融入作品，实现时的兴奋会让你忘掉了所有的疲惫和心烦。累到无力时，也会恨恨地想，下辈子再喜欢，也不干这把女人当男人，把男人当驴使的职业了。但多年过去了，总会在有月亮的时候，回想起那段激情燃烧的岁月。

青春是一道凝结着明媚的青痕。纵使时间流逝多长，那种不顾一切的找寻，压倒一切的苟安，虽简单、青涩，但绽放出生命的奔涌和永不停息律动的节拍都一直镌刻在我们记忆的最深处，永不枯黄，永不凋零。

精神之美

有人说车站是一座城市的门户，也是一个城市的名片，它从一个角度阐释着城市独有的色调和气息。包头市作为华北连接西北地区的重要枢纽，尽情挥洒着重工业城市独有的豪迈。而阴山山脉、交织的人流和律动的运输线回转于奇峰山峦之间，构成了草原铁路一幅动人的画卷，一个崭新的高铁时代正如初升旭日喷涌而来。

每天的凌晨，当整个城市还沉浸在甜美的睡意中，包头站客运车间的姑娘们已经开始穿梭忙碌。从凌晨四点半到七点半三小时间上下行共有 14 趟旅客列车始发终到，大家或守侯在候车厅，或伫立在站台上，带着晨风中的第一缕微笑迎送旅客或穿行站间扶老携幼。

同一时间，运转车间的小伙子们摘挂列尾、防溜作业，接取送达，一丝不苟。

包头站地处内蒙古最大的工业重镇包头市和国家能源战略基地鄂尔多斯市中心地带，承接京包、包兰、集包、包西、包白、包神等多条铁路，是国家"八纵八横"铁路网主骨架，京兰、包柳大通道的枢纽站，是内蒙古中西部地区重要的客运服务窗口和呼铁局管内主要装车站。

一个企业的前行需要品牌和典型积蓄力量，需要特色和细节提升品质，更需要文化和职业素养来沉淀内涵。面对动车开行，如何展现出大站应有的水准和风范，包头站通过家园文化建设来培育全站共同的价值观，依托文化的积淀催生持久的向上的力量。

古城湾站是包头站管辖的一个二等站，始建于 1983 年。刚通车时仅是一个五等边远小站，仅有站线 2 条，办理列车通过和会让作业。2007 年，呼和局加快实施路网扩张战略，古城湾站进行了万吨作业站改造，2008 年，又对该站进行了电气化改造和站场扩建。改造后的古城湾车站日均接发列车 140 列，繁忙时期组合万吨列车 10 列、分解百辆空车 8 列，作业量和作业效率位居全局前列。这一辆辆自行车就是职工移动的工作日志，一个个雕塑铭记了车站走过的脉络和进程，并成为车站精神的一种积聚。

五年来，古城湾站职工骑坏了 35 辆自行车。自行车成为古城湾一道特别的风景线，也成为铁路发展变迁的见证。

在车站的家园文化建设中，不仅仅是通过绿树、红墙、菜园、硬地，达到春有花、夏有荫、秋有果、冬有景的构想。在建设中，更多强调的是团队合作和精神的共建，通过共同的远景激励参与者迸发出精神的力量，从而凝聚全站的精神气质。

包头站所辖包西线各中间站空地多，为文化精神的延伸也留出了思绪。结合行业特点和地域文化，这个站分别以鹿南之滨、恢宏之梦、大漠之声、苍鹰之翼等为主题，打造一站一景。

包头南站，地处包西线九公里处，毗邻国家级湿地公园，黄河母亲蜿蜒出的湿地滋养了它的气质，鹿城延伸出的脉络赐予它风华，故取意"鹿南之滨。这个站西接包头西站，东连包头站，与希望铝业近距相望。建设中，车站机关各科室抽调人员和新入路大学生一道，利用周末时间挖树坑，刨土沟，布电缆，栽树苗，在这里留下耕耘的印记。

50 多岁的刘军是土生土长的包头人，现任站保卫科科长，几个月来，他的足迹遍布了包西线上，大家一起捡砖铺路，种菜养鸡，因地制宜，走到哪里就把哪里当成家。

绿苔泛石阶，花舞阡陌间。几个月后，刘军已欣然看到自己和大家耕耘后的硕果。为列车护航的耕耘者与繁星长行，爱与奉献的春意在冬日的清寒中依旧温暖。

车站家园建设期间，迎来了 30 名新入路的大学生，这些刚从象牙塔里走出的学子们既成为车站打造标准化工作环境，温馨生活环境的受益者，又是车站发展新文化的建设者。

给我一个支点，我能撬动地球。包头站的几个课题组用行动给这句话作了最好的诠解。课题组的人员构成就是相关科室负责人，骨干还有近两年刚工作的大学生。

给你们资源，给你们时间，给你们平台，在文化建设中培育出车站精神的新高度，这是车站家园文化建设的初衷。

沿线各站点如何规划？如何取意？包环小客车如何成为流动的风景线和包头站一张精美的名片？如何让站区成为大家共同的精神高地和精神家园？思考，推敲、碰撞，个性与共性完美融合，一卷蓝图终于一一绘就。

与此同时，大数据时代带来的冲击也在敲动客运人员的内心。科技文化也是车站文化建设的一部分。正确的决策在于信息的集结和数据的准确。34 岁的金洁，是车站信息科副科长，毕业于苏州科技学院计算机科学与技术专业。曾在外企工作的经历使她现在做起客流软件开发工作得心应手。今年 3 月份，金洁和项目组成员开始研发《客运预测营销分析系统》,6 月底系统试运行，10 月，系统经过"十一"黄金周实践考验，完全达到预期要求。11 月获得"全国铁路青年科技创新奖"。

一个个课题组都在培养锻炼一个个小团队，团队在成长，一个个领军人物也脱颖而出，一个千帆竞发，百舸争流，人才奔涌，朝夕不让的局面在全站悄然生成。葛娟，硕士研究生，2010 年毕业于大连大学管理科学与系统工程专业。客运预测营销分析系统建立的重点是要用海量的客运数据建立数学模型。葛娟一头扎进资料室，找寻有价值的数据。无数次推倒重来，反复的调研取证，近百日的挑灯夜战，一个以灰色预测模型为基础的方案才初步形成。

随即，开发组又投入到《车站调度集中指挥平台》，《干部履职过程管理系统》等项目的优化完善中。几个系统的开发和使用为全站科学决策、精准服务和管理品质的提升都提供了有利的支撑。

安全是铁路运输的第一要求，在家园文化的建设中，安全文化也涵盖其中。在车站调车组、上水组、在每一处岗点，都有职工捧着一本漫画书在读，原来这本书就是《图解规章》，由站上两名职工创作完成，通过漫画的方式，让职工们在轻松中学习枯燥单调的规章，寓教于乐。

家园建设归根结底是要让职工有家的感觉，有价值感也要有认同感和归属感。从这个意义上，"爱"就是家最大的内涵。给职工过生日，为新入路大学生找房子，集中修、重大节日时让职工吃上特殊、可口的饭菜等等都成了车站这个大家庭一帧帧温暖的画面。

特别是走进客运车间，虽狭小的空间但经姑娘们的巧手，灯影画桥，水帘翠幕，木棉花朵朵，一个清新、简单、雅致的环境舒缓了人们紧绷和疲惫的神经，清新了人们的心境。

车站像家，它是温暖的，传递着爱的火炬。很多年轻职工更是把车站当成成就梦想的起航地和劳累时心灵的栖息地，他们把这当成精神的家园，好多职工的婚纱照都选在车站做背景。

精神的高度决定精神的气质，精神的气质培育精神的力量。这种力量托起了包头站在打造草原铁路第一窗口新形象的路上，穿云破雾，澎湃飞腾。

片头：162 天全神贯注，162 天不断进取，497 人全面参与，360 小时军营历练，640 篇论文新鲜出炉，一次次思想撞击，一回回心灵历练。

求知 探索 磨练

让青春飞扬

青涩 成熟 希望

让梦想启航

放飞希望

——全局青年干部培训纪实

在生命的长河中，理想决定生命的高度，视野决定生命的宽度，积淀决定生命的厚度。从 2012 年多雨的夏天到 2012 年多雪的冬天，来自全局不同岗位共 497 名青年干部分五期在呼铁局党校进行了平均 32 天的培训。透过一扇扇窗，是一张张充满稚气而又目光坚定的脸。这一个个风华正茂，正处在人生发展黄金期，对未来充满渴望的年轻人把这里当做点燃梦想的新干线，思想碰撞的大讲堂，激昂斗志的加油站和职业规划的训练场，完成了一场场铭心刻骨的心灵历练，一回回挑战极限的身体冲击、一次次高品质的沟通交流和一次次荡尘除埃的思想洗礼，实现了短时间内的自我的重塑和快速成长。

有人说，企业最大的消耗是没有培训好职工。一个企业的快速发展需要好的精神引领，更需要拼搏进取的意志。而实现这些最重要的是要拥有一支优秀的管理团队。

面对我局运营里程的快速扩充，货运发送量连年的高位增长，电气化铁路的全面开通运营，万吨重载，频繁的既有线施工，这些都在拷问着职工队伍，呼唤着高素质管理人才。特别面对这些或是从基层单位优中选优的骨干力量，或是刚踏入职场的高学历尖端人才，起点相对较高的青年干部，怎么培训对他们有吸引力？如何让他们尽快能独挡一面？局干部处确定了"封闭式培训，军事化管理，模块化教学，全过程考核"的培训思路，通过将十几个教学模块浓缩优化，用到一次培训中，力求短时间内全面提升学员的综合素质和实践能力，这无疑是突破以往培训方式的一次大胆尝试。

【第五期培训班上课场景】

第五期青干班的学员全部是 2012 年刚毕业的研究生，他们走出校门，进入职场，让他们没有想到的是这些曾经在学业上一路领跑的佼佼者们在职场生涯的第一站依然感受到了别样的挑战和考验。

这是任建伟，他毕业于西南交大，是这批研究生中惟一的博士，任职局运输处，在第五期青干班中担任临时党总支书记。

（同期：.学习既新奇又崩溃，简述每天的学习情况）

这是全方位的学习，既有铁路专业基础知识、局政方针、党性教育、法律政策等，也有局领导亲自作的专题报告，以及党校、各业务处室领导解读重要会议精神，还有富有教学经验的教授开办专题讲座等。学员在全面吸收各类知识的同时也在补齐自己的短板。

在一至四期青干班中，既有工作几年、富有一些现场经验的本科生，又有刚刚入路的新生力量。

王飞，2007年毕业于北方交通大学。现在担任呼和站东运转车间副主任。五年中，他担任过信号员、助理值班员、值班员等，简单重复的生活让他感到激情仿佛在逐渐减退。特别是同期毕业的同学有的成为都市白领，有的在商场小试牛刀，这些让一直在现场踏踏实实工作的王飞有过些许的迷茫和心理冲击。青干班的经历恰似夏夜的一道闪电给了他好多思想的触发和正向的指引，他开始坚定自我，坚信滴水穿石，绳锯木断的力量，坚信每一步历练都在筑牢基础，厚积才能薄发。（同期踏实干、会有收获）

在车站，信息的获取都在一个个点上，但来到青干班，大量的信息纷至沓来。王飞感到他的知识面拓宽了，沟通交往能力提升了，特别是通过学习研讨解决问题的思路广了，方法多了。

22岁的王旭，今年8月被分配到包头电务段包头检修车间工作，是信号工见习生。大学期间他担任过班长、体育部干事等职务。9月3号，他参加了全局第三期青干培训。培训期间，他担任青干二班临时党支部书记一职，并获得优秀学员称号。他组织撰写的小组调研报告被评为优秀调研报告。

10月9日，王旭被选调到铁路信号仿真模拟系统课题研发组中担任二维平面组组长，通过运用photoshop等软件进行大界面的设计和图片、考试条目的制作和修改，这个项目获得了铁路局科技创新进步奖。

培训着眼于对学员知识的丰富、视野的拓宽、观念的创新，但落脚于解决问题的方法，实践能力的提升和思考能力的加强。针对不同课题的模拟演练、固定的专题研讨让大家在消化知识的同时，为提升岗位的实践能力作提前预想。

【研讨场景】

在探讨和相互激发碰撞中，一个个清晰的观念也更加深刻地烙印在每名学员心中。思想有多远，我们才能走多远；没有完美的个人，只有完美的团队；成功不仅要把喜欢的事作好，还要忠实地执行许多你或许一下无法完全理解的职责等等。

赵广富，青干一期培训班学员，曾在包头西站担任信号员、车站值班员，在达拉亥站担任过副站长。

学习培训结束后，赵广富被选调到局调度所担任包环台行调，青干班的学习经历和收获让他在新岗位上对全局运输组织都有了更前卫的思考（同期：对全局的运输组织的思考）

在这里，大家都象激流入海般不断积蓄自己的力量，不断冲破障碍，吸收有益的东西，都在全心全意的收获每一天，在每一天感受不同的新奇。

"相信自己，相信队友，相信团队"，这三句话印证了学员们拓展训练中的心声。以彼此信任为基础的信任背摔，以激发潜能为目的的高空断桥，以团队合作为核心的毕业墙，使学员真正领会了团结就是力量的精髓。

【拓展训练场景】

比太阳更早，和时间赛跑。每天 3000 米的晨跑、到昭君农园义务劳动、下雪天深夜扫雪、每次活动都让学员们在体能承受考验的同时，在意志、心智上得到更深的历练。

每期的学习给了每名学员成长、成熟变化的空间，也让团队派生出巨大的力量。培训不仅有心志的磨练，更有精神的相互激励和相互提升，并成为他们年轻的生命中一笔厚重的积淀。

这次培训既导入许多现代企业管理的新理念，又秉承传承发展的思路，让青年人不忘历史，在走过延安之旅，仰望巍巍宝塔山，了解历史长河曾在这里绽开绚丽的浪花后，感受历史文化和红色底蕴，更深的体味延安作为灯塔、作为革命熔炉、作为民族梦开始的地方带给后人的责任感和使命感。

【延安唱歌场景】

字幕：

这是一次短暂的行程，但注定对我们影响深远！这是一段缘分的开始，让我们架起心灵的桥梁！我们在学习中收获知识，在晨跑中磨练意志，在研讨中学会思考，在竞赛中激发活力，在拓展中诠释团队精神，在延安之行中懂得珍惜，在欢乐泪水之中彰显青干二期的魅力！虽然只是我们铁路职业生涯中的一小步，但却是我们今后前进路上的一大步。

——青干二期

我收获了许多，知识、友谊、欢乐、汗水，但对我感触最深的是坚持。在青干四期，我做到了以前从未完成的事，因为在这儿坚持了，所有的事，只要坚持，咬牙坚持就一定会做成。

——青干四期

　　理性与秩序，纪律与团队，信仰与激情，踏实与努力，思考与实践，这些承载着呼铁局未来的佼佼者们在完美诠释这些词句的同时，也收获了更高的价值取向和巨大的生命能量，这些收获将成为他们今后成长、成熟的催化剂和助推器，并由此催生出呼铁局崭新的一轮希望……

让梦想照进现实

——大学生贾永波的成长之路

1981 年，贾永波出生在河北的一个小村庄里，在那里，他度过了自己的少年时代。

2005 年，二十四岁的贾永波意气风发。刚从石家庄铁道学院毕业的他踌躇满志，带着"决意他乡往，大地任我闯"的一腔豪情来到呼和浩特铁路局电务段包西车间成为一名信号工。

自此，迎着清晨的朝露坐上通勤车上班，再踏着夕阳的余晖返回。顶着滚滚黄沙，无论严寒盛夏，日复一日，周而复始的工作就是和道岔、信号机和轨道电路打交道。

（同期音：刚分到电务段下工区见习的那段时间，感觉实际的工作和在学校那时想象的是有很大的差距的，在学校时，总是看到那些白领坐在办公室里操作电脑，或者是写文件，但是我们实际的工作，就需要我们拿着工具，拎着油壶，出去干这些活，当时觉得实在是跟理想的工作相差太远，然后有一段时间也是特别困惑，特别迷茫。这段时间可以说是非常非常的找不到自己，不知道该怎样给自己定位）

热望中的草原带给他的不再是激情与壮怀。很长一段时间，迷茫和彷徨充斥在他心间。

横亘在理想和现实间的永远是一条沟壑。但自小生长在农村，流动在骨血里天然的淳朴，加之老师傅们对他无微不至的关怀和劝导，段领导与大学生座谈时真诚的话语，这些都在一点一滴的渗透着他的心灵，引导着他的思维。（同期音：工区的师傅们用我们段领导和处领导的经历教育我们，可以说是给我传授他们的经历，因为我们的段领导、处领导也是从这些师傅们身边走出去的，他们当时也像我们现在一样，拎着工具，提着油壶，到现场一个螺丝一个螺丝的紧，一个道岔一个道岔的检修，也是这样一步一步走出来的，这以后我就思考了很多，我觉得还是从小事做起，不把小事做好也谈不上做什么大事）

理清了思路的贾永波，调整了自己的目标和状态，把心思全部投入到铁路信号这个行业中来。

2006 年底，正值全局大面积电气化改造施工开始，这给贾永波提供了一个绝佳的锻炼机会，他主动要求参加白彦花微机联锁大修改造工程。系统而繁杂的设备和电路图纸，对别人而言既枯燥无味又复杂麻烦，但却让贾永波一下找到了兴奋点，他在日记中留下这样的话：

【贾永波日记：生容易，活容易，生活不易。伟人改变环境，凡人适应环境，庸人不适应环境，我至少要做适应环境的人。】

在这样的环境下却更激发出贾永波探究电缆盒配线、弄通室内外设备关联的好胜心。跟着师傅没白天没黑夜的调试设备，吃住都在机械室里，连续作业十几个小时是家常便饭。趴在地下，站在架子上，蹲在配线架后。查图纸、接配线、紧螺栓、既有体力的透支，也有心志的磨练。

2007 年 4 月，包西下行驼峰微机联锁自动化驼峰大修改造开始了，塞外的 4、5 月，经常是风沙肆虐，能见度极低。他和师傅们在验收中经常是在风沙中穿行。施工结束后，他的小本上密密麻麻记录了施工中遇到的各种问题，通过施工也使他对计算机联锁知识有了整体的掌握和贯通。

【贾永波日记：以前觉得长河落日圆，大漠孤烟直是绝美的意境，今天尝试到情景转换的另一面。飞沙走石，狂风大作，黄沙滚滚，昏天黑地。但今天完成了室外设备的验收，设备开通那一刻我心里非常的自豪和欣慰。】

这期间他担任包西驼峰信号副工长，随后又被抽调到段质检科，参与许多改造工程。理论、实践，再理论、再实践，紧张又丰富全面的经历让他迅速完成了从量变到质变的积累与飞跃。

【贾永波日记：很感谢我的工长和师傅们，今天他们专门给我腾出了一个房间，使我能经常住在工区，给我一个安静的学习环境，感动于师傅们对我的爱护和帮助，我要更加严格要求自己，让自己的专业技能尽快有大的提升。】

在段质检科助勤期间，加班加点是经常事，特别在居住条件特别艰苦的小站一住就是半个月。这期间，贾永波放弃节假日，参考各种资料并结合实际，协助主管工程师制定出了各个站验收方案，为规范相关站场电气化改造施工管理奠定了良好的基础。

【贾永波日记：习惯决定性格，性格决定命运。我要树立良好的学习习惯、思维习惯和自我管理的习惯，不能图一时安逸，时刻警惕温水煮青蛙的情况。】

2009 年 10 月，（呼和）电务段鄂尔多斯车间成立，贾永波被任命为车间副主任，负责新建包西站北段包头南、达拉特西、大塔、罕台川四个车站的验收工作。从技术管理到人员组织、沟通协调，贾永波又完成了一次从自我提升到总体铺排，从单打独斗到团队合作的历练。

（同期音：小贾虽说是大学生，来到这里以后比较能吃苦，而且从来不自己认为是个大学生就搞特殊。来到这里以后对这个设备进行学习，对老师傅也比较尊敬，有不懂得地方比较谦虚，而且做工作、做事情都是吃苦在前，享受在后。）

【贾永波日记：料人多料其善，料事多料其难。凡事举轻若重，务求稳妥第一。质量是生命线，安全永远第一，把住关才能保证安全】

从信号工、信号工长、车间副主任，从最基础的工作做起，从最苦最累的活干起，贾永波一步步完成近乎化茧成蝶的蜕变。

机会总是青睐有准备的人。2011年10月，贾永波担任了包头电务段包东车间党总支书记一职，这对他而言无疑是全新的挑战。面对刚来到车间的大学生，他更是以自身的成长经历真诚的与他们交流，告诉大学生们关注自身成长和磨砺的重要性。

【与大学生座谈场景】

（大学毕业生同期：我来到这快一年了，去年九月份过来的，书记和主任都对我们挺好的，然后经常让我去实地，去动手，培养动手能力。贾书记对我们说，要守得住清贫、耐得住寂寞、经得起诱惑，然后多学习，培养良好的生活习惯，培养优秀的成长习惯。）

在贾永波向梦想迈进的每一步，都打上了他好学不倦、积极向上的印记。2009 年，他考取了北方交大工程硕士班。2010年，他参加了铁道部第一期"优秀大学生培训班"。2012 年参加了呼铁局党校青年干部培训班。

【歌曲康巴汉子音乐：云彩托起欢笑，胸膛是野心和爱的草原。血管里响着马蹄的声音，眼里是圣洁的太阳，当青稞酒在心里歌唱的时刻，世界就在手上……】

唱着这首歌，一路走来，贾永波已在塞外千里铁道线上奔走了七年。七年，他成家立业。七年，他青春无悔。他把根深深的扎在了这块土地上，有泪水、有欢笑、有沮丧、也有惆怅……他说，在他的字典里更有感恩、有勤勉、有踏实、而没有的是抱怨、取巧和懈怠。七年，他已融入大草原宽广的胸怀，他已融入大动脉纵通横达的铿锵足音。

信号灯在他的意象中早已幻化成他的亲密爱人，陪伴着他在今后的人生路上，分担寒潮、风雷、霹雳，共享雾霭、流岚、虹霓。坚贞就在这里，不仅爱你伟岸的身躯，也爱你坚持的位置，脚下的土地…….

这里是华北通往西北的重要枢纽，这里是呼铁局向西瞭望的窗口。立标、落责、追求卓越，达标、创优、勇超自我。整环境、夯内实、塑文化、强队伍，在安全标准化建设的征途中，乌海车务段以海纳百川、车聚通达之势扬帆疾行舟，大道畅通衡。

标准筑基石 安全高于天

——乌海车务段标准化建设纪实

在沙漠与戈壁之间，在黄河与大山的怀抱中，乌海车务段作为呼铁局的西大门，管辖 21 个车站、6 个车间，营业里程458 公里，其中包兰正线 258 公里（乌吉、海拉、黄公三条支线共计 200 公里），跨越三市一盟，基本呈现一线多支、交错分布的运输网络。年发送旅客 165 万人，发送货物 2072 万吨，其中白货发送约占全局白货发送总量的五分之一，是全局重要的白货装车基地，在与兰州局惠农口保持顺畅交接、助推自治区中西部地区经济快速发展中发挥着日益重要的作用。

随着铁路货运组织改革的深入推进，踏着全路标准化建设的节拍，乌海车务段准确定位"后厂"职能，提出了"外美带内实、内实夯基础、基础映标准，标准促发展"的标准化建设新理念和安全、标准、简约、实效、高质"五位一体"建设要求，着力从（字幕：管理制度规范化、现场作业标准化、过程控制常态化、职场环境有型化）入手，全面揭开全段标准化建设序幕。

有一个强劲的引擎才会产生良好的驱动，段领导深切意识到：上下同欲者胜。只有找到一个上下同心的切入点才能在潜移默化中让职工养成良好的习惯。

乌海地处库布其、毛乌素、乌兰布和三大沙漠交会处，自然环境恶劣，环境对于标准化建设具有引领和推动作用。为此，这个段就从改善职场环境建设入手，大力推进标准化建设，本着"因地制宜、外美内实、经济实用、自力更生"的原则，从职工最关心、感受最明显、见效最直观的环节着手，逐步打造"春有花、夏有荫、秋有果、冬有景"的职场环境。全段干部职工齐上手，平整地面，清除垃圾，种植树木花草，开垦小菜园，体现各站特色，努力把各站打造成职工精神的家园。目前，全段共建设小食堂25个，开垦小菜园21个，建设小休息室31个，修缮小浴室21个，打造小活动室11个，建设小学习室23个。丰收时节坐在整洁的餐厅里，吃上自己亲手种植采摘的绿色食品，一种家的温馨和对企业的认同感和归属感油然而生。

外练筋骨皮，内练一口气。环境的美化起到了提精、敛气、聚神的作用，但凝神聚力的目的是要打造一个坚实的"内核"，确保安全稳若泰山，安如磐石。

这个段确定了标准化建设要围绕夯实现场作业标准、强化科室现场控制能力、补强科室专业管理水平，加强安全风险管理这四个方面进行重点打造。

天下大事，必作于细。简单的招式练到极致就是绝招。本着大处着眼，细微处入手的原则，这个段首先制定了"六统一"的标准。（播音并上字幕：表簿台帐填记统一、资料装订保管统一、岗位揭示揭挂统一、备品物品摆放统一、图表上墙明示统一、规章制度管理统一。）保证内外部环境整齐划一。同时为乌海、乌海西、碱柜站配备了新式值班员、信号员控制台，严格设备摆放，一点一滴中规范职工的行为，让大家环环讲标准，事事有流程，处处按规矩。碱柜站、乌海、乌海西运转车间的打造和逐步推开，正在全段形成从一枝独秀到春色满园的生动画卷。

如何让标准在现场作业中落地生根？首要的就是定标准、定制度。依照标准执行，依靠制度约束。围绕工作标准、验收标准、行车一班作业流程、非正常作业应急处置等内容，全段以编制"三本书"为抓手，确保标准覆盖全段各个岗位。同时在原有标准基础上补充完善，进一步深化、细化，处处体现精准和精细。如：在调车作业标准的修订中，对语言标准、着装标准、动作标准、时间标准等都做出了详细的规定。围绕安全风险管理、结合部管理等，制订了《乌海车务段安全风险管控指导书》及安全风险表、风险卡、风险手册。针对事故易发和易发生人身伤害的部位，制作了《站场重点隐患明示图》，《人员安全隐患地点揭示图》等。针对不同天气变化，作业情况不同，编制了动态温馨提示等，使职工们知道干什么，怎么干，干到什么程度，哪有风险源？哪有风险点？都能做到心中有数。

　　从标准确立到现场实施再到跟踪定位、考核跟进，这个段正在努力构造一个稳固的"宝塔"型体系，让安全为天，标准为本的理念切切实实转化为实实在在的行动。

　　段安路科每周一召开一次科室会，外勤将发现问题及时向内勤反馈，内勤通过分析、总结、归纳，将倾向性问题、节点问题向外勤人员反馈，保证现场检查有的放矢。

　　针对现场作业的薄弱环节，这个段每周一召开安全视频对话会，让问题车站、车间现身说法，通过一点警示一片。并以此为平台，深入分析，准确定责，严格考核。同时，每周提出一个学习课题，敦促环节干部深度思考，拿出解决问题的最优方案，此外，让先进典型介绍好做法，好经验，达到相互借鉴、共同提高的目的。

　　执行标准化，人员提素是关键，这个段以"背规章、练技能、争当百名技术能手"活动为契机，抓好职工在线学习，围绕调车模拟演练、接发车模拟演练、应急处置流程、售票流程、人标等5个方面，采取动漫模拟、图文并茂的方式，自主研发可视化教学系统，在各站、车间应用、推广，增强教学的生动性与趣味性。

　　标准就要体现专业化、科学化，程序化。为积极应对货运组织改革带来的新变化，该段迅速健全完善货检管理考核制度，提前介入取送车和防溜交接签认协议，保证结合部管理有序可控，同时围绕日班计划兑现，合理使用线路提升疏解能力，加强车流组织，加大能力释放，优化编组计划，压缩接取送达时间，为"前店"增强市场竞争力保驾护航。

　　标准化拷问的是领导者的思想力、环节干部的执行力和现场职工的自我约束力。为强化管理人员履职尽责，这个段采用

"六查"法来触动管理人员的神经。"六查"就是（播音并上字幕：原汁原味对照查，重点部位帮促查，每周一题学习查，督查督办回头查，跟踪落实包保查，走访谈心合力查。）

通过车站车间每周自我诊断、专业科室跟踪追查、包保领导随时抽查，各级领导家访谈心，跟进剖析职工违章违纪的深层原因，对症答疑解惑，排忧解难，从源头上抑制阻断发生问题的可能性。

安全管理需要形成闭环才最为有效。这个段建立了标准化建设责任体系，通过问题管理和修正偏差来克服"走样跑调"现象。按照一周一安排一督查、一周一通报一考核、一月一评价一提醒这一工作规程，通过督查督办系统对重点工作实施挂牌督办。加大科室、车站每季抽验，半年平推力度，对连续不达标者严格落责惩戒。

靠环境留住人，靠典型激励人，靠精神感召人，这个段还通过一系列的正激励产生的正能量带动标准化建设由星星点灯向繁星点点发展。

通过"双十佳"评选，将佼佼者在"乌车手机报"，"乌车快递"这些信息平台上广泛进行宣传，让先进典型的影响力、推动力不断加大。

标准化建设由于各站基础不一，人员素质各异，这个段本着不搞墙内开花墙外香，不搞上下一般齐的原则，要求各站对照标准发挥各自优势，补齐短板。

碱柜站以"我的车站我的家"为主题，打造环境精美、作业标准的先进中间站；乌海站以班组"三控"体系建设为目标，强化应急处置培训演练，提高突发应急处置能力；巴彦高勒站坚持以规范日常管理、加强表簿台帐填记助力安全生产。

由外到内，由表及里，以点促面，全面推开，通过一点一滴，一招一式逐步集腋成裘，让时时讲标准、事事讲标准的行为规范逐步渗入人心，不断向全段标准化建设稳步推进。

海阔天作岸，山高人为峰。让职工将标准内化于思想，外化于行动，靠的是共同价值取向的培育、共同愿景的激励和共同成果的分享。

标准在不断实践中日趋完善，行为在日常养成中逐步规范。积跬步以至千里，积小溪以汇江河。乌海车务段正以务实之风、踏实之力、扎实之功叙写安全生产有序、"后厂"支持有力的华彩乐章！

舌尖上的芬芳

——记包头职工培训基地食堂

一直侵染在农耕文明中的人们秉承的最大理念就是"民以食为天",安全、美味的食物已成为凝聚人心,慰籍情感的很重要的一个方面。

每天,当清晨的第一缕霞光刚刚洒落大地,包头职工培训基地食堂的职工们就已经开始了忙碌的一天。采购蔬菜、摘菜、用清水浸泡蔬菜,流水哗哗的洗菜声,铿铿嚓嚓的切菜声,此起彼伏,好似一首岁月的清歌。

包头职工培训基地主要负责全局管内各系统主要工种资格性、适应性、工班长、特种作业培训、实训教学、函授学历教育面授考试、继续教育考试、网络教学和承办各类会议、讲座和形势任务宣讲工作。让饭菜活色生香、花样百出、让职工们在学习之余时时处处感受舒爽,保持旺盛的精力加油充电是包头职工培训基地用心服务职工的一个断面。

这一天,流火的天气似乎在人们的心头也点起了烈火,稍一活动,汗滴就如泉涌般滴落。食堂副科长张文君统筹着一天的工作。

【布置一天工作场景】

最近培训班一个接一个，持续地紧张工作，让一名职工病倒了，本来不够的人手就显得更紧了。但食堂的接待量却居高不下，最高时一日就餐量达三百多人。初加工工作室里，人人都是多面手，如陀螺般，才离砧板，又上案头。（同期：食堂副科长张文君）

安排食谱，保证营养丰富又花样翻新是最让张文君费心费脑的事，上各种美食网搜菜谱，去饭店看配餐，预备时令水果，增加薯类小吃，甚至悄悄查看泔水桶，了解学员的喜好，让花样、营养和味道的组合散发出妈妈的味道是张文君最大的心愿。

初加工室的工作看似简单，但标准的提高加大了工作的强度。蔬菜要一拣二洗，特殊蔬菜必须浸泡十分钟，并用流水冲洗再清洗。

【切菜场景】

切菜也不是简单的一刀切，象眼片、菱形块、四方丁，片的厚度，丝的长度都有严格的要求。

岳海珠被大家称为后勤大管家，55岁的他有过30多年与吃相关的工作经验。如今食堂食品餐料、消耗品入库管理，粗加工菜案是他每天的"必修课"。学员多时人手不够，他立即变身服务员，为大家发放主食与水果，水管堵塞他是管道工，换纱窗，修锅盖，他是勤杂工，给地漏装拉拽绳，给汤勺按防烫把，随处可见的小发明，别人手中的废物，到岳海珠手里就成了宝贝。（同期：进料少而精，选品牌的料）

厨房是食堂的核心地带，炎热的天气加上火的热力伴着浓烈的烟油的气息一起冲击着任学庆的面庞。曾经受过厨师专业培训的他却让硕大的一口锅在他手上左右翻飞，挥洒自如，并且一副举重若轻的样子。他不仅菜炒的好吃，还注意色、香的搭配，不同的菜品在他手下都呈现出诱人的色泽。他说有时火候的老嫩、味道的浓淡并无定法，倾注了心意的菜才最好吃。比如夏季适合吃苦瓜、南瓜、西蓝花等蔬菜，任学庆就仔细观察哪种做法大多数人喜欢。他说人们现在生活好了，有时吃的不仅仅是味道，还有文化和心情。所以他的许多奇思妙想，总能给人们带来新鲜的感觉。

五蔬为助，五谷为主，一直是我们民族的饮食习惯。食堂主食操作间由张芳和面案临时工小吴担起。每天六点四十上班、一日三餐地忙碌，从双色馒头、桃酥、凉糕、肉饼、到汉堡、披萨,能做的种类随着时间的推移越来越多。（同期：跟外面饭店请来的师傅学、自己上网查、实践中不断摸索，让花样不断翻新）

就餐人数多时，她俩连续干十个多小时，有一天，蒸了100多斤米，150多斤面的主食，清洗蒸盘容器就70多个，瘦弱的张芳累的甚至有了迷离恍惚感。

食堂工作量大，人员少，经常看见不同的人在不同岗位忙碌着，一会在初加工的菜板上、一会在主厨间压面、一会又在副食间洗菜盆，一会又在打饭间不断地问询……学员多时，食堂实在忙不过来，基地领导、环节领导都会走进厨房帮厨。

正面是纤尘不然的环境、洁白的馒头、喷香的米饭、变换的菜品，背面是挥汗如雨的厨师、初加工的精细、洗碗工的琐碎、保管的细致、采购的认真，它们共同交织出一种独特的味道，吸引着人们的味蕾，让学员们曾经的对食堂的一贯认知有了改变。

每天夕阳西下，基地的学员们结束了一天的生活或生龙活虎的运动或安享静谧的好时光，这时食堂的工作人员才会带着一天的疲惫走向回家的路，而第二天他们将继续重复这样的生活，平淡如水，几无波澜，但或许他们的快乐就在学员们满意的笑容和自己的踏实心安里。

阳光正好

（片头设计）

面对全局运输持续增量的新形势，如何保质量、压故障、服务安全生产？【创新工作不仅解决了我们生产中的难题，还让我获得了荣誉和肯定】

面对生产任务逐年递增的新压力，如何挖内潜、压成本，实现增运增收？【技术攻关活动给我们年轻人搭建了成才成长的平台让我们职工真正成了受益者】

面对扩容改造不断推进的新局面，如何保装备、降强度、提升生产效率？【建立好的机制、营造好的氛围、让技能型人才脱颖而出】

近年来，包头西车辆段依托科技创新，将这一连串的问号改写成了惊叹号。

160

创新的力量

——包头西车辆段科技创新工作纪实

【外景厂房 车间大景】

记者现场音：创新是一个民族进步的灵魂，创新是企业发展的源动力，走进全局最大的货车检修基地---包头西车辆段，俨然走进了一个创新工厂。

【设备车间小革新讨论会场景】

这是设备车间召开的每月一次的"小诸葛分析会"在包西车辆段各生产车间，每月都有这样的例会，组织技术骨干、"岗位专家"对征集到的各类合理化建议进行可行性分析研究，对有安全效益和经济价值的"金点子"进一步优化方案，及时推广转换成具体措施。

能修好的不换新、能自制的不外购，这是作为包西车辆段开展技术改革、党员攻关、修旧利废活动排头兵的设备车间提出的一个口号，走进设备车间似乎感觉到创新的罡风吹遍了车间的每个角落。**【屋内研究继电器场景】**

这张表是设备车间11年来开展技术攻关活动和取得成果的一个统计表，上面详细记录着开展攻关活动的具体时间、参与人、攻关内容和获得的成绩。

别小看这根梁，它是货车转向架的关键部件。原来由于制动梁防脱装置上安全链、固定环断裂后没有专用工装设备无法维修，每根价值不菲的梁只好报废处理。设备车间对此成立了技术公关小组，开始研制工装设备。

他们利用工余时间，查资料、自行绘图纸、加工零部件、反复试验，【现场施工夜间画图场景】

（字幕：新的工装设备研制成功，大大减轻了修车人员的劳动强度，每年减少配件支出费用近30万元。）

创新需要灵感，而灵感来自长期的积累和全身心的投入。

设备车间高级工人技师的徐世奇，参与完成了车辆转向架落成装置、轮对除锈清洗机等技术革新攻关项目40余项，2012年他荣获全局双百表彰"郭晋龙式"先进人物称号。他一直信奉这样的话：唯有专心才能站的高，唯有恒心才能看的远，唯有爱心才能作的好.

制动梁在制动过程中容易产生裂纹，给车辆的运行安全带来隐患，包西车辆段原有的检修流水线没有有效的除锈装置，直接影响制动梁端轴探伤作业质量，危及车辆的运行安全，针对这一问题，设备车间成立了由徐世奇、王少波这对师徒等骨干组成的技术攻关突击队。自此，梁就成了徐世奇心中的"唯一"。

几个月后，他们终于设计出了制动梁端轴除锈机，对提升检修质量、提高检修自动化水平发挥了积极的作用，这项成果填补了全路制动梁检修方面的空白。

这是360°全角旋转试验平台，它是针对原来使用的试验台无法完成C70型货车车钩分解检修作业，设计制作的，大大提高了货车关键部位的质量可靠度。

技术攻关需要有的放矢，重点解决生产中的问题、难题。水落石出突出的是个人的智慧，而水涨船高体现的是团队的力量。包西检修车间转向架检修流水线入口分流能力不足，影响了整体作业效率，设备、定检、技术等相关部门党员骨干组成了联合攻关小组，细化改造方案，完善施工方式，加快了项目推进的效率，体现了大联动效应。（同期音：检车流水线建成的效益）

开展攻关活动以来，这个段的日均检修能力从 2009 年的 59 辆，提高到现在的 75 辆；国铁入段厂修、段修和辅修修时分别较计划压缩了 2 天、0.7 天和 7.2 小时，全员劳动生产率达到了 31.63 辆/人年，领先全路平均水平。

创新需要传承，创新需要新鲜力量，作为企业未来发展支撑的青年人，无疑是创新工作中最具活力的因子。青工王少卿的成长历程很好的诠释了这一点。

（王少卿话外音：我是 1998 年退伍入路的，来到包西车辆段被分配到了当时最脏最累的检修车间台车组。看着几十斤、几百斤的大家伙，我明白了一个道理"靠力气只能把活干完，凭技术才能把活干好！"。那时侯挺苦的，白天只能利用间休时间学习车辆的分解、组装，工艺流程。晚上再挑灯自学《车辆钳工》等一些理论知识、遇到不懂的就向老师傅求教。）

大学梦的破灭没有阻止他追逐梦想的脚步，小改小革让他寻找到了工作中新的"兴奋点"。几年功夫王少卿就成了业务上的"难不倒"、生产中的"顶梁柱"，2007 由于业务能力突出，他被破格提拔为车间的技术员。他曾四次参加铁道部技术规章编撰工作，由他设计制作的车钩支撑装置检查顶具和下锁销防跳插销打孔卡具，分别荣获全局科技进步三等奖和段科技进步二等奖。

（王少卿话外音：有一句话是知识改变命运、对我而言是创新改变命运。我觉得现在很多地方最缺乏的不是专业技术人员，而是高级技术工人。其实，只要努力，我们每个人都能找到适合自己的发光点。）

成立青年技术创新协会是这个段选派青年党员骨干和技术能手担当项目负责人，促使年轻职工在工作中立足本职、大胆创新、岗位成才的新举措。这一措施在引导青工广泛开展创新创效活动的同时，也使青年人迅速成长为技术攻关活动的生力军。

（同期音：介绍铁路局和段里各种政策对创新活动的鼓励和支持）

在众多的创新要素中，机制的效应是最具力量的。

包西车辆段每年都要召开一次技术创新成果和金点子合理化建议评选会，评选出最具价值的技术成果进行重奖。同时通过名师带徒、青年党员和青年职工一帮一结对子进行帮扶等方式促进全段创新氛围由星星点灯向群星璀璨再到形成燎原之势的全方位辐射。（同期音：介绍投入的创新费用和奖励的资金）

记者现场音：走在包西车辆段，路旁的灯箱橱窗里展示的是段里各个时期的先进典型，一个个灯箱内记录着不同时期明星人物走过的每一个精彩瞬间,创新明星徐世奇、袁保民等都名列其中。

在这个段东北角，一间并不起眼的房子却吸引了许多人流连的脚步，这就是车辆段的创新成果展示大厅。展厅内陈列着一件件记录着职工创新成果的技术改造产品模型，上面的展板详细记载着每一项成果的技术原理和运用效果，还特别标示了成果的主创和参与者。（同期音：检修车间职工：我们段能工巧匠特别多，这儿陈列的这些模型都是他们针对生产中的问题进行技术革新改造后制作的模型，供我们学习，我就希望有一天我的名字也能写在上面）

字幕：近两年，包西车辆段先后拿出近 16 万元重奖了 170多项科技创新成果，每年评选表彰十大安全标兵、十大业务能手、十大创新明星，每年优先安排 10 名创新骨干参加路局疗养。2011 年，3 项科技创新成果荣获路局科技进步奖，22 项合理化建议和技术改进项目荣获全局合理化建议和技术改进奖。

包西车辆段通过创新活动的开展，提升了货车检修能力，强化了检修质量的提高。全段上下通过倡导创新精神，鼓励创新行为，推广创新成果，重奖创新能手，营造了浓厚的创新文化氛围。

风动草原

——呼和局成立职工服务中心解职工难排职工忧

（草原音乐声延长起：草原铁路，纵横交错，蜿蜒绵长。总营业里程 5502.5 公里的呼和浩特铁路局数千里铁道线上,散居的沿线职工有两万余名。2014 年，呼和局确定了"安全.发展.民生"的工作主线,通过在四个地区分别建立职工服务中心,为职工全力打造温馨、便捷、多样化的综合服务平台。）

这天，风和日暖。退休职工吴师傅一大早就来到包头职工服务中心，和天气一样明媚的还有他的心情，今天他不但交了水电费和有线电视费，而且还咨询了自己医保卡使用的一些问题，一堆事情办下来，只用了不到半个小时，方便快捷的一站式服务，让吴师傅感到在服务中心缴费办事不仅省时省力，而且贴心舒畅

【同期音】：吴万寿

今年以来，呼和局包头、呼和、集宁、临河四个地区职工服务中心相继启动运行，切入点就是职工群众最关心、最现实和最困难的问题。服务中心集"诉求受理、事务办理、便民服务"为一体，通过为职工及家属提供一站式、多样化便捷服务，实现来为职工办实事，办好事，解难事的宗旨。

【学校场景】

4月28日，包头职工服务中心接到包东公三街小区居民反映，包铁一中操场早晨6点多播放音乐影响正常休息。中心工作人员及时进行诉求登记，第二天一早到铁一中核实情况，确实发现存在音乐声较大影响周边居民现象，经与该校领导进行协调，校领导承诺从5月1日起早晨不再播放音乐，保证周边居民正常休息。随即，服务中心对该小区职工进行跟踪了解，音乐扰民问题彻底得到解决。

5月初，公三街小区5位居民代表送来了写有"心系职工、排忧解难"的锦旗，激动地说："真没想到服务中心在两天时间就解决了多年来困扰我们的问题，感谢服务中心，感谢铁路局政策"。

进入每个地区的服务大厅，都可以看到一字排开的事务办理窗口前，排满了前来缴费和咨询办理医保的职工家属。各地服务中心运行以来，前来缴费办事的职工家属都对我局首创的这种一站式的服务办理给予好评。

呼和局地处地域辽阔的内蒙古自治区中西部地区，大部分线路风大沙多，气候干燥，自然环境恶劣。职工多为倒班作业。党的群众路线教育实践活动开展以来，呼和局在深入基层调研、广泛征求职工意见过程中，反映最集中、职工反映最突出的问题就是异地职工，特别是偏远地区职工到路局办事不方便，希望路局开展上门服务活动。在这种背景下应运而生的职工服务中心就成为保障职工安心工作的"解忧草"。

相比之前分散缴费带来的不便，涉及社保、医保以及投诉咨询等方面的问题更让职工感觉困难，以前办理这些事情要么是去呼和，如果是电话咨询投诉又因为缺少面对面的交流而给沟通带来障碍。现在服务大厅的社保窗口和办公区域的诉求接待很好的解决了这个问题。

一大早，集宁职工服务中心的社保经办员许建伟来到患病职工董晓龙的家里，了解患病职工的治疗情况和家庭情况。今年28岁的董晓龙是集宁机务段职工，刚上班一年就在职工体检中被查出患上了尿毒症，随着病情不断的恶化，为了挽救儿子的生命，晓龙的妈妈把自己的肾脏移植给晓龙。长时间的治疗给这个本就不宽裕的家庭带来毁灭性的打击，为了支付晓龙高额的治疗费用，家里卖掉了楼房，一家四口挤在郊区十多平米的平房。面对经济压力，医保报销的医疗费成了董晓龙继续治疗的关键。但是在晓龙治病初期，每次报销医疗费晓龙妈妈都要前往呼和浩特社保处，一跑就是一整天，由于对报销手续不了解，还经常无功而返。

职工服务中心成立以后，社保经办员小许通过集宁机务段的社保专员了解了董晓龙的情况，决定特事特办，为董晓龙的救命钱开绿灯。

定期对管内的困难职工家庭进行回访是社保经办员的一项重要工作，这样可以更加详细的了解患病职工和家属的治疗情况，给与他们更多帮助。离开了职工家里，许建伟回到了职工服务中心的医保服务窗口。在这里他可以为广大职工和家属办理医疗IC卡挂失补办、医疗费报销单据接收、社会保险业务咨询服务等业务。由于前来办理业务的大多都是老人，耳朵听不清，小许只能站着尽量近、尽量大声的说话，这样一站就是两三个小时。

在职工服务中心设立社保服务窗口，把社保业务办理延伸到职工家门口，简化了办理流程，让职工和家属多了方便快捷，少了舟车劳顿，医疗经办员更专业的服务，也让各项业务办理更加高效。

由于铁路行业的特殊性，每到冬春运、暑运、集中修施工等特殊攻坚时期，一些职工由于长期坚守奋战在生产一线，家庭应急服务需求较多，各地区职工服务队就如盛夏的"及时雨"，洒落万户千家。

9月24日，集宁职工服务中心接到了一份特殊的"礼物"一位白发苍苍的老人笑盈盈的把一面上面写着"心系职工家属、为民排忧解难"的锦旗递到了工作人员手中。

【现场场景】

三天前，家住集宁区朝阳街2排简易楼的郜奶奶遇到了一个头疼的问题，家里已经停电3天，可导致停电的原因却一直找不到，一筹莫展的郜奶奶只好打电话给自己的女儿求助。

接到求助电话，职工服务中心第一时间联系呼和供电段集宁水电车间的职工服务队，说明情况后，服务队决定立刻上门，最快速度为老人恢复供电。

由于小区老旧，线路老化且错综复杂，服务队一时间很难找到停电原因。经过排查电路，服务队员将电线杆上的一处短路的开关进行了更换。停电三天的老人家里，终于又迎来了光明。

【现场试灯和老人交流场景】

明亮的灯光温暖着老人的心房，热情的帮助和一句句关心的话语，让老人对职工服务队赞不绝口。自从成立以来，服务队将职工家属的大事小情都放在心上，不论谁家有困难，他们都第一时间伸出援手，排忧解难。

在全局各地的职工服务中心，职工志愿互助服务也在如火如荼的开展着，服务队积极协调各单位工会，将职工服务队的效能发挥到最大。

以职工服务中心为圆心，以真心为职工服务为半径辐射出的一个个同心圆不仅让心与心贴的更近，更让一些集结很久的焦点问题一一化解。

家住呼铁佳园小区三号楼的丁民茹最近特别高兴，因为两年前入住装修时缴纳的房屋拆改押金在前几天退了回来，从不知道如何申请退回押金，到押金快速上账，这样大的转变只是因为一个电话。

职工服务中心在接到住户的电话后，马上向路局相关部门反映了这一情况，在路局的督促下，呼铁佳园物业站加快了退还房屋拆改押金的步伐。

今天物业站副站长李乐亮和云华来到了丁民茹家中，对她家中的装修情况进行查验。

【现场验房场景】

像丁民茹这样的家庭在呼铁佳园共有 613 户，在今年十月一日之前，物业部门将完成全部符合要求住户的拆改押金退还工作。

（同期：收到钱大家都很满意）

永远将职工的利益摆在首位，职工服务中心将服务职工从纸面上真正落在了实处。从需求的提出到落实，职工服务中心画了一条普通职工与铁路局的连心线。

青年是企业发展的希望，也是企业最具活力的因子。职工服务中心，在扩大服务对象，方便一线职工的同时，更多的融入了对青年职工的关爱；特别是近年来呼铁局接收新职人员较多，这些新职工大部分在铁路沿线工作，婚恋交友有一定困难，解决青年职工婚恋问题越来越成为保证青工队伍稳定的重要一环。

青工赵志强是来自包西车辆段的小伙子，工作努力、踏实精干的他，在服务中心定期举办的联谊会上，找到了自己心仪的另一半。**【包头婚恋交友场景】**

伴随着呼和局的快速发展，职工诉求也呈多元化发展趋势，职工对影响居住生活条件的水、电、暖等问题的处理时限要求更高；职工对餐饮、购物等方面服务需求日益增多。

刚成家的李晓峰最近都在为装修新房忙活，购置家电是一项大任务，正在为去哪买划算而伤脑筋的他，得知职工服务中心与东鸽家电城联手举办了家电内购会，活动一开始，他便和爱人来到了现场。

电视、冰箱、洗衣机家里的必需品，小李看了个遍，在得知这次内购会为铁路职工和家属准备了特别的折扣后，他十分高兴。

一圈逛下来，新房需要的家电也买的差不多了，内购会提供的一站式的购物让小李既省时间更省钱。

内购会当天，5800 余名职工及家属来到现场，实现成交 1087 笔，实现营业额 236.4 万，商城内商品平均优惠在 8.02 折，为职工实际优惠达 58.4 万元。

在网络高速发展的今天，很多职工都是"一网情深"，上网时间占据了业余生活的大半。正基于此，各服务中心的网上服务平台也陆续正式上线运行，职工家属可通过"线上线下"渠道，享受到便捷的服务。

在职工服务中心，可以看到网上服务平台共有十二大版块，分别是服务指南、满意度投票、服务动态、诉求结果查询、诉求办结公示、便民服务、二手交易、交友平台等。许多职工网上轻松一点，很多琐事手到擒来。

【用户打电话找家政场景】

呼和局倾力建成的这种亲民便民利民服务体系，不仅在全路是"首创"，在内蒙古自治区各企业中也是第一家。这一模式不仅赢得职工群众的一片喝彩声，也默默地彰显着党的群众路线教育实践活动最直接的成效。铁路局通过职工服务中心这个平台真正做到了情为民所系，利为民所谋。

截止九月底，包头、呼和、集宁、临河职工服务中心累计接待职工及家属 62301 人次，受理诉求 398 件，已办结 396 件，正在办理 3 件，政策解答 7313 人次，四地职工服务中心诉求回访满意率均为 100%。

（字幕）：5 月 10 日，铁路总公司副总经理王志国深入包头服务中心调研视察，对中心服务工作给予充分肯定；自治区总工会对服务中心工作模式给予高度评价，决定在全区进行推广，并适时组织召开全区经验交流现场会。

知职工忧，解职工难，畅职工言，结职工情。服务中心的建立缩短的不只是跑路的距离，更是心的距离。它的方便和快捷不只体现在时间的缩短上，更体现在让职工心无牵绊，心情愉悦，专心创造而产生的效率上。它让党的实践教育活动的成果充分服务职工，惠及职工，更敦促各级管理者踏实认真的为职工想事、谋事、做事。

情与情的碰撞，心与心的沟通，融汇出一股巨大的效能推动着企业前行的步履更加坚实、更加铿锵。

后 记

生命中的温暖

　　草原的秋天，天空如海水般碧蓝。阳光透过窗棂，洒下光影一片，宁静里透着细碎的明媚。

　　阳光将树叶也染上和自己一样的颜色，微风拂过，叶子便在树梢间婆娑。

　　寒露过后，霜降就是深秋的最后一声叹息了。一场秋雨过后，满地的溢金流彩将秋天最后的明艳渲染的富丽堂皇。虽然，阳光的炽烈是越来越远了，但内心充盈的快乐足以点燃每一个冷寂的夜晚。

　　生活的阳光无处不在，故乡的山水和亲人给了我永恒的记忆和眷恋。20 年的记者生涯，心一直驿动，随岁月起舞，庆幸没有迷失在物欲的纠葛中，也没有淹没在精神的荒芜里。

　　冬日的阳光虽清冷高远，但它接受着生命的朝拜。浸染在书香的云雾里，一壶茶、一觥酒，八九知己，几曲清弹，暖意生春。

　　又一次偶然的相遇，因一本书遇上最美的缘。我们集体修行，红尘作伴，在文字的光辉中找到心灵的共鸣。

孩子永远是我们心头的琐碎，也是我们眼中渐行渐远的背影，时不时地才下心头，却上眉头。我们能做的最好就是陪伴与守望。

于岁月轻轻浅浅处，将旧事重拾，拾捡起一段段温暖时光。把它们一一收集起来，心变得潮湿而温润，珍惜每一份相遇的缘，感恩踏过生命的每一处足迹。

乘阳光正好，乘微风不噪，乘我们还不太老，聆听、感悟生命中所有的美好。

感谢包头市最美书友会，感谢会长水孩儿搭建了《魔幻小狼窝》这个平台唤醒了我沉睡的知觉。感谢内蒙文史馆馆员朱丹林老师提笔为我作序，以他静水流深般的深厚却没有嘲笑我小溪般的清浅。感谢最美书友会副会长、昆区房地产开发有限公司董事长刘钰国先生一直以来对书友们的鞭策和鼓励，并在百忙之中为我写序。感谢摄影家格日乐姐姐在美好的秋日，为我定格那一个个美好的瞬间。感谢太多默默支持我的师长、朋友…

书即将出版，在我职业生涯二十周年里，在最美书友会成立一年的日子里，感恩一切，感恩生命中所有的暖。